樂府

心里满了，就从口中溢出

如花在野

宽宽 —— 著

北京联合出版公司
Beijing United Publishing Co.,Ltd.

自 序

书房窗外有两棵冬樱花树,每年都在冬月开花。

两株相距五六米,一年到头,晒着一样的日光,淋着同样的雨水,一株繁花簇簇,沉甸甸地压在枝头,大理冬日的狂风,也不能将它吹落多少。另一株却开得零零星星,午后风刚起,就见它下起了花瓣雨。一夜狂风卷过,早上坐在书桌前看,发现它更显秃了。

我不懂园艺,几年看下来,一直不知是何缘故。

前天出门,碰上小区负责剪枝的本地大姐,正将一夜过后满地的花瓣扫进草丛里。我向她请教,两棵树明明相同的生长条件，花开得怎么完全不同。

"根扎得深浅不一样呗，树大根深噻。"大姐头也不抬地说。我一时想起那句"君子务本，本立而道生"，仔细想想，两者竟是同样的内核。

为树的"务本"，是蓄养深根。为人的"务本"，我以为是静水流深。这也正是近两年我的状态。人至中年，才思考、探寻立身之本，希望没有太晚。

这本书是探寻的开始。它起自一个斩断现实种种事务，抛弃已拥有的标签，回归书斋、深居简出的春天，三十六岁的春天。

书中"怀尝"部分，全部写于那个春天之后的独自思索。"惜今"来自偶然出现在生活中的人，他们来来去去，我不曾结交、维系，只是抓取他们流过时，带起的感受与留下的记忆。

我总是持守着这样的信念，出现在生命中的人和事，都自带某种启示，却又如从空中落下的、轻飘飘的羽毛，要在风吹来前接住。

入宝山，如何不空手归？我的心时刻被这根不知从何而来的鞭子抽打着，不敢懈怠。

因此，我对人生总是全力以赴，试图读懂隐含的义理。感受、思考、记录、修正……如此修剪自己，如环无端。这是我仰赖的过活方式，非如此，不能心安。这本书，也归属于这个试图读懂的过程。

记得第一次读到"如花在野"这个词，是在茶圣千利休的茶道七则里。那是我狂热地痴迷"侘寂"艺术哲学的几年。千利休的本意是说，茶室里的花，须插得如同在原野中绽放，不迎合，不招摇，有着宁静、朴实的意味，也隐含面对"天地不仁"时的坦荡与自得。

在从前忙迫得密不透风的日子，这个意味于我而言，像是藏在密室中的宝石，我看不见它，但知道它就在那里——如花在野般的宁静朴实，不刻意招摇，也不轻易萎靡。

我渴望靠近它，渴望在一日日修剪自己中，变化出宁静朴实的气质。这种渴求的心境，贯穿写这本书的始终。

像那个春天一样纯粹的日子，一晃就过了两年，我继续着深居简出的状态，想要"在两三种惯性中将一生相寄了"。

两三种惯性里,有对时代与自我的冷眼旁观,有手上功夫的日日打磨,还有一日数省的克己修身,都是寂寞中的吉光片羽,进一寸便有一寸的欢喜,足够我取乐自得。

这寂寂的两年时光,值得说的,还有跟随两位恩师学习的光阴,一位教授医学,一位讲授哲学。两位都于大众无闻,却是我半生所见少有的宁静朴实,同时持敬笃行的人。能在翻覆变化的时代中坚定持守,养深积厚,是我最想从老师身上学到的品行。

她们的悉心指引,使我对"静"的内涵有了更深的感受。《说文》中段玉裁对"静"字的注里讲:

> 采色详审得其宜谓之静。《考工记》言画缋之事是也。分布五色,疏密有章。则虽绚烂之极,而无溘溷不鲜,是曰静。人心审度得宜,一言一事必求理义之必然,则虽繁劳之极而无纷乱,亦曰静。

静字中尚有一半是"争",那是在绚烂与复杂中,对自审内省的全力以赴。人在静中的务本,是深明义理后的持守不移,是阴阳动静后的平衡,是老子的"冲气以为和"。

在跟随与探寻之中,我一日日体悟到为人的根本,不过顽强生长。像一棵树,无论立于危岩还是生于幽暗,只是生长。从前爱提许多"意义",如今看来,大都是没有明白根本,如同漂亮的话之所以漂亮,大多由于没有凿实。

而生长之中,自有乐趣,是一种不停修剪自己的乐趣,是在密林中努力向上探取光线的乐趣,也是不断发现道之无涯而己之浅薄的乐趣——如果这也算乐趣的话。儒家讲"孔颜之乐",是安于一箪食一瓢饮、处陋巷而不夺的乐趣,是静水流深,也是如花在野。

我不知此生脚力,能否尝到这种乐趣,但我愿意一日不停地,靠近它。

仰赖不断生长,得到日日新的果实。虽然一岁有一岁之功,却也容易使人在回看过去的自己时,想要掩面而去。

每次新书出版,都要重温不愿与旧我相认的体验。总想起阿兰·德波顿说,世上作家大致分两类,一类觉得自己作品太伟大，应该人手一本，另一类总诧异自己聊以自娱的东西，旁人竟能读出滋味。

我显然是后者，奢望终有一天，也能拥有些许前者的自信。

某日读许倬云老先生的《许倬云问学记》，他说起自己几十年前写的书，就要它们留在记录上，让自己汗颜，让人家晓得。这个人一辈子都在修正他的意见，他是一步步在改，一步步在修正。他要自己的书，存起本来面目，"以志少过也"。

我读得感慨，也因此生出许多勇气。既是继续修剪自己的勇气，也是面对从前鄙陋的勇气。

我希望多年后回看，也能磊落地写下："把当年的错误印在白纸上给自己看。"

以志少过也。

宽宽

二〇二〇年十二月二十七日夜，大理

目录

自序 /// I

之一：怀尝

01 此时情绪此时天 /// 2

02 是那样地旧而又这样地新 /// 11

03 万物历历，望峰息心 /// 20

04 开门雪满山 /// 30

05 道可致而不可求 /// 45

06 唯有功夫不负人 /// 57

07 人间世里，悲欣交集 /// 66

08 美，一半在时代，一半在个人 /// 76

09 写作，为散怀抱 /// 95

之二：惜今

10 容许阳光打在脸上，也容许阴影中的死寂　/// 126

11 虚室生白，吉祥止止　/// 133

12 在月光下坐一会儿　/// 142

13 不知哪一眼，就成了最后一眼　/// 151

14 人在旅途，隔岸观雾　/// 156

15 顽强生长，无论立于幽暗还是危岩　/// 164

16 生活先于书籍，生长先于追求　/// 172

17 拒绝自己成为谁　/// 181

18 无可奈何的小桥　/// 188

19 恒以哲学自坚其心　/// 194

20 没在深夜总结过人生，无以语明天　/// 201

21 深爱吧，像明知总有一天要离别　/// 216

22 二十年，茫茫在外有家　/// 224

23 一杯敬朝阳，一杯敬月光　/// 231

之一：怀尝

01
此时情绪此时天

1

一整个春天,我在深居简出中度过。从早到晚,手不释卷,日光倏忽而过,常于夜幕四合、神思归拢之际,脑中掠过一句,"窗外日光弹指过,席间花影坐间移"。

过去十多年,被诸多事务性的工作纠缠,去年底下狠心斩断,只求将过去累积的众多世俗标签剥落,想要清清静静做几年探究学问的读书人。

白日里,偶自书中画中抽思而出,坐觉苍茫万古意,听到窗外的人声车声，恍惚不知今夕何夕。入夜，卧看明河月满空，斗挂苍山顶。

想起学生时代看到戴望舒描写寂寞："我夜坐听风，昼眠听雨，悟得月如何缺，天如何老。"[1]觉得这么自足，又算哪门子寂寞？

当我也沉浸在这独对天地的寂寞中，懂得了寂寞是真寂寞，可也真快活。移居此地三年，直至如今，才觉与其气韵真正相合，全赖所有神思均收拢于"此时、此地、此心"。

遂想起十几年前与好友自学校分别，我北上，她南下，说起去路，她考中最热门职位的公务员，却说自己胸无大志，只想做个淡然的读书吏，即便官场消磨，也望能以学问见长，而本心不失。

当时的我说，不知何日，能没有了现实的后顾之忧，可投入纯粹的精神世界，实现一种自小便心心念念的淡泊宁静旨趣。说完后，我俩其实都没觉得可以实现，毕竟现实茫茫，先图立世已属不易。

浮云一别后，流水十年间。

回头看看，这十几年，我和她都算样样皆可胜任的人，打工时是个好员工，创业后是个好老板，家事一肩挑，孩子亲自带，提笔也算能以文载道、"蛊惑"人心，一朝远离人群，也能耐得住寂寞，与山水明月把酒言欢。似是怎么着都能过得不错，却是怎么着，也不是真心想要的那个不错。

样样胜任，最易奔波不停。因你能干，总有一堆事追着你干，刚刚结束一个项目，马上会有朋友问你，想不想一起做另一个。做了一件又一件事，跟这个合伙，跟那个搭档，红尘中滚得热火朝天，内心却荒凉一片。总有一种被别人需要的幻象，滋味确很撩人。这流水十年，就这么过来了。

当年与好友阔别时，各自向往的从心所欲与淡泊宁静，成了梦中清影。甚至时常怀疑，心心念念的那种如倪瓒画中简净澹泊的状态，是不是水中望月，是不是压根儿不可能存活于当今世间。

好在时也命也，三年前搬来大理，并不知这处山水会指引我走向哪里，却在这三年间，有幸被它慢慢浸润，打磨，与曾经熟悉的奔忙气场逐渐远隔，与此处的逍遥宁谧逐渐契合。

然后就有了这一整个春天,深居简出的独自狂欢。

宋代《梅品》中记录有二十六宜,从前常常翻看——

> 澹阴。晓日。薄寒。细雨。轻烟。佳月。夕阳。微雪。晚霞。珍禽。孤鹤。清溪。小桥。竹边。松下。明窗。疏篱。苍崖。绿苔。铜瓶。纸帐。林间吹笛。膝下横琴。石枰下棋。扫雪煎茶。美人淡妆簪戴。[2]

每一样都能想象,或找出前人画作完善脑中景致,却也总是隔着点什么。隔着什么呢?

研究中国艺术史的已故美国学者高居翰,论及山水画中一种普遍的"理想叙事"时,写道:

> 这种理想就是:在自然中隐居生活;到山间漫游,寻找诗意,或驻足体验某种景色声响,品味它们所激起的感受;返回安全的隐居之所。[3]

由此观之,诸如"二十六宜"这样的唯美意象,美不在其本身,而在"驻足体验"继而引起的激荡,和诗意的感受。我曾只知其美,而无感发,隔着什么,就隔着"此时、此地、此心"的融合。所以,朱光潜总结:"所谓艺术的生活就是本色的生活。"[4]

本色的生活,是需身心境融合无二的。如今甚嚣尘上的生活美学,我仔细围观了这些年,经久耐看的生活美学家没几位,美学的表达要么流于甜腻,要么将一些美学元素做程式化的组合,流于冷峻刻板,真正缺的或许就是生活的本色吧。

只有生活没有美感,是俗人;不知生活的本色而谈生活美学,是伪君子。俗人不可憎,而伪君子可憎。我也就更理解了戴望舒"寂寞"的内涵和层次,不是忍耐,是以此心沉浸于此时此地,待丝丝欢喜泛起,然后感发,然后"悟得"。

宋人周邦彦有词句描写这种心境:"此时情绪此时天,无事小神仙。"古人诚不我欺。

2

某天早晨,和女儿坐在窗前吃早饭。窗外春雨潇潇,渲染得绿意蒙蒙,时不时有几只雀扑簌簌地飞起落下,于细雨中啾啾几声,更添静气。

平常很多个早晨,过得兵荒马乱,在一劲儿催促中匆匆出门。像这样偶然一天,起个大早慢慢吃个早饭的日子,实属凤毛麟角。

我俩静静看着窗外,半晌无话。女儿悠悠然来了一句:"落花人独立,微雨燕双飞。"

我心中一荡,她接着问:"就是这样子的,是吧?"

没头没脑的一问,我竟瞬间懂了,一时只觉任何解释都属多余,于是:

"嗯,就是这样子的。"

有诗句加持,再看眼前微雨飘飘,绿竹临风,真是极美。

她像接通了一片灵光,开始连环发问:

"那到了晚上雨还在下呢,可以说什么?"

"雨中山果落,灯下草虫鸣。"

"一会儿雨停了呢?"

"迟日江山丽,春风花草香。"

"下雪呢?"

"晚来天欲雪,能饮一杯无?"

"雪停了呢?"

"吹灯窗更明,月照一天雪。"

她手一指:"那山上有很多云呢?"

"雾气因山见,波痕到岸消。"

"我喜欢的很多很多花开了呢?"

"这个季节的话,'人间四月芳菲尽,山寺桃花始盛开'。"

"你喜欢的是什么呢?"

"味无味处求吾乐,材不材间过此生。"

又一想这她如何能懂,遂改口:

"一松一竹真朋友,山鸟山花好弟兄。"

这句她听懂了,骤然眉开眼笑:

"啊?好弟兄,哈哈哈哈,妈妈,你可是女生——"

一下子，诗情画意荡然无存。

我后来细细回味，心中激荡久不能平，一个最普通的早晨，我看到庸常的现实如何归于审美。能在人生的诸般境况中寻出欢喜，大概是作为人最具实际益处的一个品质。这品质，便有赖于此时此地此心的融合。

苏东坡能自嘲一生功绩不过三处贬谪之地"黄州、惠州、儋州"，在于他有将一切遭遇归于审美的能耐——诗书画的艺术修养、心量——不懈地悟道，以及时时处处将身心与境遇相融——这点有赖豁达的心性。如此，甜有甜的余韵，苦有苦的乐趣，愁有愁的美感。

千年以降，在星光熠熠的大师群列中，天赋、才干、名望、信念，俱不足以使其自身感到欢喜，然这点欢喜有多重要？即便刚烈如斗士的鲁迅，也会写出"唯有在人生的事实这本身中寻出欢喜者，可以活下去。倘若在那里什么也不见，他们其实倒不如死"[5]。

除了宋人的二十六宜，除了自然中流动不歇的景致，还有一代代人将现实归于审美后的表达，也创造了这种欢喜的片刻。

有时一日春光就在看画中沉沉隐去,由画中传递出阵阵欢喜,最近沉迷不已的几幅,吴镇《渔父图》、董源《潇湘图》、倪瓒《紫芝山房图》、赵孟頫《鹊华秋色》等,都让这个春天变得注定难忘。

澹阴、晓日、细雨、轻烟,人人见过,然其意趣,却非以此时此地此心去浸润寂寞而不可得。正是,"何夜无月?何处无竹柏?但少闲人如吾两人者耳"。

注:
1. 戴望舒:《寂寞》,《戴望舒诗集》,人民文学出版社,2020年,第95页。
2. 周密:《玉照堂梅品》,《齐东野语》,黄益元注解,上海古籍出版社,2012年,第158页。
3. 高居翰:《诗之旅:中国与日本的诗意绘画》,洪再新、高昕丹、高士明译,生活·读书·新知三联书店,2012年,导论第6页。
4. 朱光潜:《"慢慢走,欣赏啊!"——人生的艺术化》,《朱光潜全集》第二卷,安徽教育出版社,1987年,第92页。
5. 鲁迅:《二十四孝图》,《朝花夕拾》,《鲁迅全集》第一卷,中国人事出版社,1998年,第293页。

02
是那样地旧而又这样地新

1

大理樱花正漫山遍野放肆的时节,我在苏州的园林里泡了一周。

这已是一周里第二次遇见这位陌生的少年。第一次,是前天在芙蓉榭。下午三点后,游客逐渐稀疏,三三两两择亭默坐。我原路返回东园,稍近些,就见亭中有一少年负手而立,目光悠远。十六七岁的样子,有着一副肃然沉静的面容,我忍不住好奇。

此时再遇到,是在这著名的沧浪亭中。沧浪亭初建于宋代,园中竹林出色,游客不比拙政园、狮子林稠密,安坐之下,十分宁谧,不觉我已从正午坐到即将闭园。

那少年在亭中石凳上也已枯坐一下午,时而闭目小憩,时而起身走动、凝神思索。细看他穿着,麻色对襟及膝棉衫,略长的碎发于脑后扎成松松的丸状,鼻上架一副黑框圆眼镜,戴着无线耳机,既年轻又苍老。

昏昏的日光落下,四周忽起风来,一侧传出风穿竹林的唰唰声,动静极大,平添几分苍凉古意。不难想象夜晚的沧浪亭,当如《项脊轩志》所述:"三五之夜,明月半墙,桂影斑驳,风移影动,珊珊可爱。"

少年于寂寂风声中,察觉到我在亭外盯他许久的目光,摘下耳机。

我只好没话找话:"常来?"

"嗯。"他点点头。

"前天在拙政园也碰见你了,不用上学吗?"

"我高三,申请了国外的学校,秋季开学,所以这段有空。"

"哦，出去学什么专业？"

"艺术史。"

"喜欢园林？"

"嗯，喜欢古的东西。"

"你是○○后？"

"对。"

"那出国去，好多古物都看不到了。"

"还好，很多东西都在外面的博物馆。"

"那倒是。"

门卫来催促，要关园了。我俩起身往外走。我提起昆山人归震川，少年说语文课学过他的《项脊轩志》，少年时居于项脊轩中，写"然余居于此，多可喜，亦多可悲"。他说近来每日独坐亭中，终于体会到类似心境，"瞻顾遗迹，如在昨日，令人长号不自禁"。我叹气，何尝不能明白这丝丝缕缕的悲与喜。古国文化传至今日，我们都是家道中落的孩子。

告别时，我笑说看到这么多小朋友思古慕古，让人心生希望。他默然片刻，说，只是怀良辰以孤往。听得我心下戚戚，却仍要倔强一句，可别为赋新词强说愁，没这么悲观的。少年客气一笑，说了句"但愿吧"，摆摆手转身离去，没一瞬，身影混入纷扰的人群。

我一时愣怔，在园外水岸边坐了会儿，眼前人来人往，刚才情景，犹觉像一个梦。七百多年前，也有两人于此处徘徊后心绪难平，写道："后不如今今非昔，两无言、相对沧浪水。"[1]

2

鱼山在《造境记》中写，中国人处理园林也好，处理山水也好，都是在处理一件事：人如何与自然诗意地生活在一起。当代西方建筑处理与自然的关系，许多都是开特别大特别干净的玻璃，其实身体还是隔开的；日本的枯山水是不让人进入的，只是坐着静观冥想；但我们的方式是把内外交织在一起。最后这种对待自然的态度，成为我们的审美。[2]

"我们的审美",细品这几个字,有丝丝清洌浮起,眼前飘过宋人的天青色,飘过米氏云山,飘过空灵的八大,和潇散的倪云林,以及一句"望峰息心"。

我们的审美,是以我心映照天地之心,观万物历历,心思渊静。是韦羲总结的,"高级的朴素必含有精致,真正的简洁必含有深邃"[3]。

苏州园林里,常在厅堂窗前或墙洞外,植一株梅树,此时虽然时节已过,还能看到零星一两枝绽放。梅枝与明窗交映,又被日影晃至暗浮苔痕的白墙上。

我一天天地细细端详,渐能大致分辨出哪些是古树、哪些是新植。

花窗前、月洞外、墙角处,或一方逼仄旮旯,只一株枝条简净、姿形奇绝又克制收敛的梅树,必是前人所植。那漏窗必挡掉梅树大半,只余数枝供人隔窗观赏,便是一幅经意布局又浑自天然的边角画。

因园林的设计常常遵循绘画的原则。明代重要的造园家,几乎都精通绘画。一园落成,又有诸多画家以园景入画,如沈周《东庄图册》、倪瓒《狮子林图》、文徵明《拙政园图册》。

宋人山水画的理想，是可行、可望、可游、可居，这同样是一座园林的理想。

游园时那种使人欲罢不能的乐趣，便是既处于真实世界，又畅游于画境之中。

而如可园、西园中那一排齐齐整整靠墙而立的梅树，必是新植。它们株株招摇，树冠硕大，枝条旁逸斜出毫无章法，又一栽就是齐齐一整排；树前无明窗，无影壁，无墙角，树下亦无石。又无遮无挡的日光倾泻而下，白墙无苔痕，墙上更无半丝疏影，也是太过大剌剌。刚迈入这方新修复的小园，便觉无处下脚，无景可看，身体先一步表达不适，急急收回的脚步，差点绊了自己一跤。

回头想想，那些梅树何辜，每一株单独拿出来看，稍加修剪，与那些骨骼清奇可堪入画的梅树，也并非霄壤之别。可一旦大家混迹一处，便株株面目模糊，再也清奇不起来。

想起刚分别的那位说自己"怀良辰以孤往"的少年，何尝不是因孤往而得赏良辰啊。

苏州博物馆的出口，须穿行忠王府，园林景致平淡，唯一株四百年前文徵明亲手植下的紫藤，仍生机盎然。一时兴尽，感慨频出，又觉所有心绪都被前人一言囊尽，苏子写"哀吾生之须臾，羡长江之无穷""知不可乎骤得，托遗响于悲风"，念及此，觉得自己所有感发都属造作，便再也无叹可兴了。

这一周徘徊于旧园中，时常感到青春不再的好处，我在中学以及二十几岁都曾来苏州逛过园林，却非得等到今天才食髓知味。那些随处可见被造园者交付心意的竹石组合、花窗树影，过去轻易被我一眼扫过，如今轻易地，就让我心神摇动又暗自神伤。

前人早将一生沉浮心境凝练成词：

> 少年听雨歌楼上，红烛昏罗帐。
> 壮年听雨客舟中，江阔云低、断雁叫西风。
> 而今听雨僧庐下，鬓已星星也。
> 悲欢离合总无情，一任阶前、点滴到天明。
>
> ——宋·蒋捷《虞美人·听雨》

是那样地旧而又这样地新

已能领略壮年客舟听雨的心境,竟也不觉得有一天鬓发斑白"听雨僧庐下",有多么冷寂难耐。人皆怕老,可若老有所守,守着心中一个明月山间疏影横斜的天地,那么老去也是一件值得陶醉的事。

回到大理,樱花未谢,游人如织,刚从一个旧世界抽身回转,又像陷入一个无底深坑,重新拥有十几岁浑蒙无知时,陷入一本好小说迟迟出不来的惆怅感。正郁郁不得解,忽收到书画家蒙中发来新作,起头便是:

"这十几位画家,用作品伴我三十年时光,从一个懵懂少年学画开始,直到如今年过不惑。三十年,青春岁月最精华的时间,居然大半都在和这些作古的人厮混。"

原来,有许多人在那个世界中沉溺流连,从来没打算抽身。个中滋味,或如周作人形容中国文学的风致——

"是那样地旧而又这样地新。"[4]

注:
1. 吴文英:《金缕歌·陪履斋先生沧浪看梅》,《梦窗词集校笺》第五册,孙虹、谭学纯校笺,中华书局,2014年,第1691页。
2. 鱼山(曾仁臻):《造境记》,广西师范大学出版社,2019年,第161页。
3. 韦羲:《照夜白:山水、折叠、循环、拼贴、时空的诗学》,台海出版社,2017年,第405页。
4. 周作人:《杂拌儿题记(代跋)》,俞平伯《杂拌儿之一》,江西人民出版社,1982年,第147页。

03
万物历历,望峰息心

1

十年前,我装修北京的房子时,将一幅名为《虢国夫人游春图》的古画,制成壁纸,贴在客厅一整面墙上,另一面是整墙的书架。之后几年,窝在沙发里看书,一抬眼就会看到那幅画,多少次凝视之后,才觉怎么这么耐看啊。

我一个本来迷恋西方哲学和文化的人,何以忽然迷上了一幅中国画,我甚至不知道它的作者和朝代。

十里河建材城的壁纸专柜,导购小姐一本接一本把厚厚的壁纸图样放在我面前，翻了半天没挑到满意的。我不耐烦起来，一转头看到地上摞了一堆积满灰的图样书，最顶上一本，封面是一幅中国画。搬到桌上翻看，大都是些仕女图、花鸟图，零星几幅山水，翻到《虢国夫人游春图》，画面上线条简单勾勒出的马匹，眼神极为传神，凝视着我，于是当下决定，就它了。

那时，我的工作有一些与马术相关的活动和赛事，骑马更是那几年的主要运动，出差目的地经常是新疆、内蒙古等边疆省区。

画中飘逸的线条，人与马的神韵，像雾又像轻纱的淡彩，每一处细节都吸引着我。

几天后，壁纸可以上门安装了，敲门的小哥嗓门极大，楼道里震颤着他的回音："你家是要贴'虎国夫人思春图'吧？"

我愣怔片刻，反应过来，闪身请他进来，哭笑不得地说：

"是《虢国夫人游春图》。"

"差不多，都一样费工。"小哥回我。

现在回想，对人生中的偶然充满敬意，这幅巨大的"思

万物历历，望峰息心

春图",张贴于一面墙上颇为伧俗,却在一年又一年对它的凝视中,成了一种启蒙。由马画入门,我陆续找来唐代韩干、宋代李公麟、元代赵孟頫的马画细看,逐渐好奇中国画的线条、设色,以及那种缥缈、流动又意气风发的韵致。

这幅画霸气地占据着客厅,其所散发的东方气质,影响了我后来的生活。买回家的器物,为了在它面前不显得突兀,大都成了具有古雅的东方感的东西,花器、香炉、茶席……

我们这一代,从小受西化的教育,长大后唯西方审美马首是瞻,其中很多人对传统的亲近,都是从无意识地附庸风雅开始的。

2

几年前认识书画家蒙中,今天看来,无疑是另一重启蒙。在那之前,我从没真的羡慕过谁的生活,可我确实羡慕蒙中的生活。

关于蒙中和他的竹庵，我曾写过一篇小文——《最理想的生活》[1]。两年过去，在我对中国画及东方美学的探究稍深入些后，依然赞同当时所拟的这个标题。

蒙中的画，澹泊而收敛，是传统文人气质的体现。看过他早年的一部画册《笔墨旧约》，近百幅画皆仿倪瓒，看得出是师前人的传统学养中泡出来。更为难得的是，而今终于养出了自己的面貌。在题材和风格上，最接近元人，"一种'平淡'的外观才是美德。在这种平淡之中，表现出一种动人的、细腻之中令人兴奋的个人品质——平淡有致"[2]。

蒙中其人，努力在自己身上克服这个时代的弊病——浮躁、碎片、煽情、浅薄，代之以古雅、疏野、沉着、冲淡的文人气质。乃至他的居室、院落、所植花木、日常清供，也都沾染了这种澹泊收敛的氛韵，既存留中国传统的美学品质，又不悖当代的生活实践。

"文人气质""平淡有致"，实为当今时代最稀缺而于中国美学中最普遍的品质。几年间屡次探访竹庵，或坐而听他论画，或只是赶去赏花、听琴、看一株老松，凡此种种，

万物历历，望峰息心

皆点燃了我对中国画及东方美学的探究热情。

这些年，我眼见着从竹庵出来的朋友们——知名建筑师开始思考书法里的结构，时尚圈人士开始琢磨将中国美学应用在服饰设计中，偶像明星开始在传统文化中汲取养分，杂志主编开始思考这种既传统又具现代性的生活方式。他和他的竹庵，像一个东方美学的发源地，不事招摇，却在"我自淡然不动"的沉静中，启发了很多人。

至于我，更是逢人便想说，浮躁的时候去看看中国画吧，真如一剂清凉散。

3

这几年，我常常思考：为何觉得那就是美？这美缘何使人通体舒畅？北宋山水画家郭熙著《林泉高致》言："人须养得胸中宽快，意思悦适。"[3] 怎么养？

美学家朱光潜谈到，人要有出世的精神才可以做入世的事业。中国古人讲"功夫在诗外",道理莫不如是——要于现世的种种利害之外,有"怡情养性"的企求。无奈的是,"现世是一个密密无缝的利害网,一般人迫于实际生活的需要,都把利害认得太真,不能站在适当的距离之外去看人生世相。于是这丰富华严的世界,除了可效用于饮食男女的营求之外,便无其他意义"[4]。

木心说艺术的功用,是助你飞出现实的迷楼。朱光潜一语道破其因:"美感的世界纯粹是意象世界,超乎利害关系而独立。"[5]

中国画,便是一个具极致美感的意象世界。

从蒙中那借来《宋画全集》,雨天深夜,独自在书房对着灯影细看,看到激动处,起身在小屋中踱步,急欲与人分享,却只听到寂夜里滴滴答答的雨声。继而便有一种积郁,百年文化巨变,今人于山水画,陌生疏离至此,更遑论由古文写成的那一篇篇绝妙画论,今人读来,甚至还没有外语亲近。

这几十年,先有西方学者如高居翰、班宗华等毕生研究中国画,他们的著作译回国内,才引起我们对中国画的重新亲近和认识。如我常常推荐给朋友们的一本入门书,已故学者高居翰所著《图说中国绘画史》,是他五十多年前读博士时所写,一经出版,即成畅销书,几十年来屡次再版,但直到二〇一四年,由高居翰的学生、台湾作家李渝女士翻译的中文简体版本,才堪面市。

这本书完成一个月后,李渝女士自杀身亡,使这本译笔极佳的书,成其绝笔。再读此书,唏嘘不已,"朝闻道,夕死可矣",果然如此吗?她在译者序中所写的一段,读来始觉畅然,继而积郁更甚:

> 中国有一部辉煌的绘画史。早在五世纪就出现了线条明确优雅的《女史箴图》;十世纪就有结构严谨完美的《溪山行旅》;十二世纪就有试验画家狂禅;十三世纪就有表现主义者在《鹊华秋色》《富春山居》里现身。在画论的发展上,六世纪就提出个人性灵与写实技巧并重的法则;九世纪就有体系

完备的评传;十一世纪已经建立自然主义的山水论;而十三世纪文人画派成熟,更开创了世界美术史上卓越自成一系的创作观。这些事一件接着一件发生时,西方还处于宗教画时期,等待着数百年后文艺复兴的到来。[6]

我们这代,从小听惯了"中华五千年灿烂文化"之类的说辞,可大概很多人都并不能真的体会,究竟如何灿烂。这灿灿星河,如同隐于破旧老宅中的上好瓷器,曾被看作抽鸦片、裹小脚一般世界的一部分,被丢弃在历史的尘雾中。

于我而言,幸甚至哉,屡屡有机缘指引,才终于扯开一角,得以领略那繁华灿烂的艺术星河。一直觉得,天命让我们生于中国,若一生都不得窥见中国文化的精髓,实在枉过此生。而中国艺术,便是这文化的精髓;中国画,是我们领略这精髓的极好通道。站在全人类的高度,艺术不分国家、民族,但作为个体,对艺术的亲近感、在艺术中获得的归属感,必然会有文化的分别。

万物历历,望峰息心

家门口一条苍山大道,景致极美,散步时一侧能俯瞰洱海,总想起五代董源的《潇湘图》;另一侧,云带浮于苍山之上,脑中便出现南宋米友仁的《云山墨戏图》。从回民街沿大坡路往上走,面前正当苍山十九峰中两峰相连的山谷,视野所及,尤其雨季,氤氲之气浮动,是元代吴镇的《中山图》。沿清碧溪上得苍山,即将拐至玉带路的一处山坳,于观景台上望去,与范宽的《溪山行旅图》竟有几分相似。我的书案前,窗外斜斜的枝条上,落着一只雀,脑中稍加裁剪,是宋徽宗赵佶的《梅花绣眼图》。

韦羲在《照夜白》中有一句,"未见山水画之前的山水、见过山水画之后的山水,是两个世界"。[7]其中意味,非得真正扎进去过才能领悟。

这两个世界,于我理解,正是艺术与实际人生的距离,也是处处有兴味的人生,与只被利害缠绕的人生的区别。

每个人一生中,或早或晚,会在某一处停驻,感受到心底潜藏的,澹阴、晓日、细雨、轻烟的意境,被我们文化中某一种艺术形式——或许是一幅山水画、一支古琴曲、几句诗词——精准地表达出来。不知何故，竟会令你胸中激荡，泪盈于睫。

从此，情不知所起，一往而深。

注：
1. 宽宽：《36岁，人生半熟》，北京联合出版公司，2020年，第220页。
2. 高居翰：《图说中国绘画史》，李渝译，生活·读书·新知三联书店，2014年，第127页。
3. 郭熙：《林泉高致》，《中国古代画论类编》下卷第四编，人民美术出版社，1957年，第640页。
4. 朱光潜：《"当局者迷，旁观者清——艺术和实际人生的距离"》，《朱光潜全集》第二卷，安徽教育出版社，1987年，第17页。
5. 朱光潜：《开场话》，《朱光潜全集》第二卷，安徽教育出版社，1987年，第6页。
6. 高居翰：《图说中国绘画史》，李渝译，生活·读书·新知三联书店，2014年，第9页。
7. 韦羲：《照夜白：山水、折叠、循环、拼贴、时空的诗学》，台海出版社，2017年，第11页。

万物历历，望峰息心

04
开门雪满山

1

近来十分想念家乡塞北的大雪,想得快得相思病了。

起头是不久前某个早晨,一睁眼,轻薄的亚麻色窗帘隔开的天色,让我恍惚生出外面是北方冬日的错觉。只因那薄薄透入的天光,阴沉沉的,怎么会属于大理的秋天。

此地人们常开玩笑说,大理只有两季,雨季一去,风季便来。雨季的晨光,明亮清透,经一夜淅淅沥沥,早上雨霁云收,山添翠润,天如水色。风季更是,连霏微的薄雾都少有,何况阴沉沉的天色。

　　一种淡淡灰色的阴沉，要么属于江南初春的雾锁烟笼、川蜀之地的日常，要么属于塞北冬日的晚来欲雪。

　　正待拉开窗帘看一眼，女儿开门，扑上床来，卷进一阵冷风，房间里骤然添了冷冽。那片刻，小时候的身体记忆汹涌而至。

　　家乡在塞北，小时候的冬天，早上一睁眼，窗外常常是阴沉沉的天光，有时是大雪初霁，有时是连日不下。炉膛里埋的炭火，经一夜已燃尽，棉被外面只露着脸鼻，浸在清晨的冷冽中。

　　大人拉开窗帘，若是大雪初霁，则白茫茫一片直刺双眼，那阵阵冰凉的、若有若无的清甜，是只有天无比干净时的大雪之后，才能闻到的雪味。若连日阴沉，雪欲落不落，早上就会看到一窗极浅淡的灰色。

　　后来在北京，冬天偶尔也大雪，只是雪的气味，已混杂了丝丝尾气味。繁忙的城市不欢迎漫天大雪，因那常造成街头的混乱，脚下的泥泞和壅塞时此起彼伏的鸣笛声。很难再有如小时候一场大雪后,天地要好半天才能醒过来的,那种高古的静寂感。

来大理后再没见过密密覆住大地的雪,听说这里的大雪十年才会一遇,以前不觉怎样,这几日竟觉得,这是个挺大的遗憾。

女儿正放秋假,有同学全家去了阿勒泰度假,朋友圈发来雪景,远道而来冷冽清甜的气息直往心里钻,一瞬竟觉片刻都等不得了。对雪的相思病,就这么开始,隐隐呈燎原之势。这几日看的书画文章,大多跟雪有关,聊做安慰,功效不知。

好奇自己对某样事物还能生出这样的迫切,原以为外部世界的风景,已快看尽,如庆山总结,"不是眼睛看尽,而是心看尽"。这与世界的空间无关,而是和自我的时间性有关。

儒者梁漱溟先生,将人一生的阶段归为处理三种关系:与物质世界的关系,与他人的关系,与自己的关系。[1] 得益于早年间的折腾,与物质世界的关系早早终结,不是拥有的多,而是需要的少。这许多年,少有那种很想拥有某样物品的欲望,很少被物质纠缠心性。与他人的关系,似乎也告一段落，摒弃了无效社交，不需要利用他人的价值；自己的价值，若他人可利用，便尽管拿去，早已不在心中做计算。频繁交往的好友有几位，都是对世事淡泊而精神热烈的人。

那么往下的漫长时光，就是处理与自己的关系。这个自己，包括天赋心性、专业路途，还有"毒素"。与过去的习性周旋，与自己的局限较劲，摸索适合的节奏，在身心的精微之处，深入地探察，在信念的领域，试探着找到小舟。

进而发现，当我们决定闭关自守地过一种相对自我的生活时，藏于人性中的毒素一般的东西，便不容分说地渗出来，浮现于表面。有时候毒素渗出得太过汹涌，一时招架不住，就先如实记录下来，写一遍，就像给它们做了封印，杀伤力骤减。写得多了，处理毒素的经验稍加丰富，便能在一己天地中愈加自得。

"与自己和解"不是一个概念，也不只是轻飘飘的一句接纳自己，非经过丝丝缕缕处理毒素的体验，是无法谈和解的。猛烈地思念千山鸟飞绝的冰雪之境，大概是这一年来处理毒素没有全然败北的自然发展。

2

远雪解不了相思,于是在家翻看那些名垂画史的雪图。

读中国绘画史,王维是绕不开的一位大师,明代董其昌将其尊为南宗始祖、文人画祖师,也是雪景山水的老祖。宋代《宣和画谱》记载的王维雪景画就有三十件,可惜一幅都没留下来,幸而还留下二十多首写雪的诗。如这首《冬晚对雪忆胡居士家》:

寒更传晓箭,清镜览衰颜。
隔牖风惊竹,开门雪满山。
洒空深巷静,积素广庭闲。
借问袁安舍,翛然尚闭关。

女儿开蒙,我以王维的诗作为她诗词学习的开始,因其"诗中有画,画中有诗"的特点,尤其适合人生早期作用于通感。

王维大量地写雪画雪,是在中年隐居辋川之后。年轻时边塞诗写得好,喜欢的意境,是如"大漠孤烟直,长河落日圆"的辽阔。中年好道,隐居辋川,在"深林人不知,明月来相照"的静寂中自得,意境多为"隔牖风惊竹,开门雪满山"的空茫。前者一片饱和度极高的黄色红色,刺目的粼粼波光,延伸至天际,有磅礴气象。而后者,色彩只余一整片素白,隐着点点绿色。

写这首诗时的王维,还未因安史之乱被迫出任伪职而落下晚年郁结难解的心病。因此雪境虽冷,空茫中还有一股适意,还会惦念友人,不算凄凉。再至晚年,他秋夜独坐,写"独坐悲双鬓,空堂欲二更。雨中山果落,灯下草虫鸣"。这雨中秋意,竟比雪境还让人觉得冷。

黄晓丹写王维:"有些诗人终生感慨怀才不遇,而他们渴望的终点不过是王维的起点。他二十出头就拥有了别人渴望的一切,然后一点一点失去。"[2] 人生的幻梦本质,王维大概体会得极深。

再有白居易,晚年隐居洛阳,写《问刘十九》:

绿蚁新醅酒，红泥小火炉。

晚来天欲雪，能饮一杯无？

虽也是晚来欲雪，思念旧友，但因他算一位难得晚年过得不错的诗人，于是目光着落处，在一室之内的生活细节，而非纵目室外的空茫，读之便有人间烟火的暖意。

每周一次去女儿学校小学部，给五年级孩子上一堂诗词课，得以了解这个时期孩子对诗词的偏好。发现与我小时候周围小同学们的喜好，无大差别。

小时候读诗词，每念到"孤舟蓑笠翁，独钓寒江雪"，总遗憾家乡虽有大雪，却无寒江。记得那时人人喜欢"三十功名尘与土，八千里路云和月"的武侠感，还有李白"君不见黄河之水天上来，奔流到海不复回"的豪迈；文气内向些的，喜欢李煜"春花秋月何时了，往事知多少"，也喜欢李白的"秋风清，秋月明，落叶聚还散，寒鸦栖复惊"……

而孤僻的我，那时的摘抄本上，标得红红绿绿的全是这样的句子:"黄鹤一去不复返,白云千载空悠悠""十年生死两茫茫""兴来每独往,胜事空自知""人生天地间,忽如远行客""生年不满百,常怀千岁忧""世事一场大梦,人生几度秋凉"。一个小姑娘,独独迷恋一种人生空茫之感。

后来看胡适的书,他写自己小时候背《神童诗》,嘴上常爱念着一句:

人心曲曲湾湾水,世事重重叠叠山。

一时觉得原来知音都在书里,并且多是故去之人。这一句,我常在心里念,记了很多年。

写"独钓寒江雪"的柳宗元,一种说法是当时他被贬永州,获知旧友去世的消息,这首诗是他于大雪中孤独悲伤的心境映照。如此看来,寒江独钓,何尝不是隔开世事后的自我安抚与救赎。

苏轼被贬黄州,在东坡不远处,搭建几间草棚,命名"雪堂",四壁皆画雪图,"起居偃仰,环顾睥睨,无非雪者"。

我所见也是一种精神上的自我救赎。"君门深九重,坟墓在万里",儒家的君亲理想幻灭,在雪的映照中与自我相对,于是才能有,夜半回家,敲门不应,一个人倚杖听江声,对命途的期待变成"小舟从此逝,江海寄余生"。都是于一片静寂与空茫中,求得精神对现实的超越。

少年人的意象,多是红烛帐暖、人面桃花、金戈铁马,若有愁肠,也易说得清,而难有中年之后年年雪里,欲说还休。

也有少年人写雪,如金子美铃那首有名的《积雪》:

上层的雪

很冷吧,

冰冷的月亮照着它。

下层的雪

很重吧,

上百的人压着它。

中间的雪

很孤单吧,

看不见天也看不见地。³

俏皮得很,是雪带来的意趣,而非雪的意境。

茫茫雪境,大概是行路至孤单平淡之时,才易钟爱的意境。素白一片,看无可看,只有内在足够丰富,又足够孤单,才能与其境应和。否则,若成群结队,便更想出去打雪仗了。

3

历代极多雪景山水,我极爱黄公望《九峰雪霁图》。画上自题"大痴道人,时年八十有一,书此以记岁月云"。

想起梁实秋有篇文章的起笔:"从前看人作序,或是题画,或是写匾,在署名的时候往往特别注意'时年八十有五'或是'时年九十有三',我就肃然起敬。"⁴看黄公望画作,时能感到这种肃然起敬。

黄公望还有一篇画论《写山水诀》，记录三十二则作画笔记，最后一则"作画大要，去邪、甜、俗、赖四个字"。[5]看此画，极切合这一则。以淡墨晕染天空、流水，正如他在画论中写"冬则烟云黯淡，天色模糊"。又借地为雪，计白当黑，山石纯用空勾，不加点缀，以大片留白来架设空间，简率之极。

与之对比，王希孟十八岁画《千里江山图》，烟波浩渺，层峦起伏，极尽山水景致之丰富意象，加法做得精致细琐，又秩序井然。十几米的长卷，又每一帧都能独立成画，我曾在当年故宫展出时，慕名而去。隔着玻璃，非得近在咫尺，才能看清它的千里之趣，稍离远些，就一片青青蓝蓝。

而黄公望《九峰雪霁图》，已然空茫一片。近看只有笔触，全观才能见其道情。每个细部都无独立的意义，归束于整体画面时，才凸显细节的高妙。

犹如十八岁的人生，常觉得每一天都要成为对后面影响至重的一天，而八十一岁的人生，每一天都只是为幻梦增加一个或明或暗的斑点。

黄公望四十五岁任浙西小吏时，受牵连入狱，获释后辞官归隐，入全真教（于元朝时鼎盛，融合儒家、道家与禅学，探讨人的本性与命运），从此一心修道，再不过问世事。

《九峰雪霁图》即是画松江一带九座道教名山，四十多年修道，其心性已在晚年画中展露无遗。依从道家，讲任运自然，以天合天，才有平淡天真的美学呈现。

这幅雪画作于至正九年（一三四九年），正值黄公望另一幅传世名作《富春山居图》的创作过程中（一三四七年至一三五〇年）。这两幅画，乍看都极平淡，一派安然，山河无恙。而画外，元末连年兵祸，黄公望所居江南一带，一度为主要战场，现实可想而知。

同样，王希孟《千里江山图》画外，是边境狼烟滚滚，金辽开始长达十年的战争，直至金代辽，继而靖康之变，北宋覆灭。

我想，山水画是中国文人最好的、面对现实又逃避现实的方法。雪景山水，更是其中极致。宋人范宽有《雪景寒林图》,与《九峰雪霁图》比对着看,忽然就了悟明末龚贤画语:宋人千笔万笔,无笔不简;元人三笔两笔,无笔不繁。

4

因雪而生的意象极多极美,踏雪寻梅,雪堂客话,雪夜煮酒,煮雪烹茶。好像热极时,心神往往昏聩;冰天雪地,反而想出许多风雅的活计。有良友相对,煮酒烹茶,固然美好,然而大多时候,是大雪封门,良朋悠邈,静看窗含西岭千秋雪,独对一天一地的空茫。

明代唐寅有一幅《柴门掩雪图》,画上题诗:

> 柴门深掩雪洋洋,榾柮炉头煮酒香。
> 最是诗人安稳处,一编文字一炉香。

我以为其描绘出了雪境之中最惬意的一幕。大雪在物理上隔绝了一切需外出进行的琐事，守着屋内炭火毕剥，咕嘟作响的酒，袅袅炉香，人可以充分享受在一卷诗书中浸润精神的愉悦。

我总是对静寂中的层次感，极简中潜藏的丰富性，对无中的有，兴趣浓烈，总想无穷尽地探察。想到多年前，一位半仙友人给我算命，说你有好几世都是苦行僧啊，独自来去，饿死过，冻死过。当笑话听，说"看来修得不咋的呀，这么苦了，还一世世重来"。

如今再想起，竟觉很值得玩味。好像我自小内心孤僻，不畏孤独，人生许多选择，也总是莫名其妙朝着最难走的路上去，对自虐般的自我克制不以为苦，对空茫、静寂有着迷之眷恋，倒是和想象中苦行僧的生活有些许契合。宝玉最后那"白茫茫一片大地真干净"的背影一点，我从来都觉得，是红楼一梦中，最美的意境了。

开门雪满山

注:
1. 梁漱溟:《这个世界会好吗:梁漱溟晚年口述》,艾恺采访,东方出版中心,2006年,第20页。
2. 黄晓丹:《诗人十四个》,北京联合出版公司,2019年,第7页。
3. 金子美铃:《积雪》,《星星和蒲公英》,吴菲译,新星出版社,2012年,第114页。
4. 梁实秋:《年龄》,《人生忽如寄》,天津人民出版社,2016年,第40页。
5. 黄公望:《写山水诀》,《中国古代画论类编》下卷第四编,人民美术出版社,1957年,第703页。

05
道可致而不可求

1

山中一处小院落,一间侘寂风格的榻榻米房间,与院子以卷帘相隔,我对着一枝长松、一个陶罐,尝试摆弄成最佳组合。扶着松枝的手稍稍一松,它就翻转了方向,连带枝条上所有松针垂头丧气地向席面栽去。

花道课最后一日,山中采来的枝条所剩无几,已没有更换花材的余地,那就跟这枝松死磕吧。

正跟随的日本花道家上野雄次说,要在插花中呈现"如花在野"的姿态，除了对枝条在自然中的生长走向了然于胸外，还需要使离开了土壤的枝条和花朵，抵抗重力，并迎着光。花道的本质，不过这么简单的几句话，可实施起来，就发现太难了。

将枝条依照其在自然中的生长方向，固定在器皿中，只这一步就快耗尽我的手劲，一用花剪，虎口就火辣辣地疼。固定枝条，不能用便利的剑山，而是用"撒"，剪一小根木条卡在罐口，是最简单的固定技术。一剪刀下去，长了，卡不进去，再一剪下去，又短了，小木条掉进罐中，一边叹气一边重新制作。

我一点点磨着手中的小木条，听到隔间传来同学的号叫，"啊！固定不住，我不行了"，莫名觉得安心了些，我一向以为自己动手能力很差，手工类的活计，既无兴趣，也不在行。如此来沉入花道，着实是一个挑战。

终于固定好枝条，最后一步，挑选小花斜倚在松枝上，所谓如花在野，便是想要一种不经意的姿态，其实需要极其经意的布局。相比松枝，花朵与光的关系更紧密，需要精确地为之感受光的来源。枝条的使命是挣脱重力，花朵的使命，是承载光。最柔弱的两朵小花，成了点睛之笔，使作品摆脱了被观看的境地，而有了与人沟通的表情。

我大概真是个隐喻爱好者。看着枝条，思考枝条的隐喻；看着花，又思考花的隐喻。那柔弱的两朵小花，分明就是人内心不经意流露出的宿命牵引，是生之所向。因为光无可捕捉，所以需要迎向光的花来指引。

枝条所抵抗的重力，便如现实的强大惯性，外界的种种诱惑，因焦虑而生的种种妄念。我想到每日在书桌前伏案耗掉的时间，为静心而使用的呼吸法、静坐法、冥想法等等，为使头脑的思考明晰深入、逻辑缜密，所画下的一张张思维导图，都像花道中所用的"撒"，是技，是方法。使用它们的目的，是迎向宿命中摇曳的光。

整整两日封闭在小院中，与植物时时相对，自己创作并观察别人的创作，感到身处一个过去习以为常而今颇觉震撼的世界。

"把插花看作一种游戏，把它当作同唱歌、跳舞一样的游戏,是那个人在那个时刻所有情绪的表达。"上野老师在第一天初见面时就这样说。听上去很熟悉啊,宋元文人画也说"墨戏":倪瓒画竹,"聊以写胸中逸兴耳";吴镇画竹,是为"心中有个不平事,尽寄纵横竹几枝"。

如此看来,上野老师或许是说,花道是一种自我的表达,蕴含着个体性情的因素。那么,只要坦诚地面对、捕捉自我在面对植物时的情绪,并且尽量真切地表现出来,大概就可以了吧。

然而,第二天一早上山采集材料时,我才感到所谓自由表达,背后都是镣铐。当我用花剪艰难地一点点剪一根粗壮、曲折的枝条时,正听到不远处的同学,用电锯锯着一棵树,那刺刺啦啦的悉索声音,凭空听出了惊悚的感觉。手中正费劲剪着的枝条,陡然成了某种肢体,一瞬间后背漫上一层冷汗,嘴里忙不迭地说出一串"对不起"来,顿觉这可真是,有些残忍啊。

难怪第一天刚说完把插花当作游戏后,上野老师紧接着说:"这对植物很残酷,所以插花不是为了植物,在这个角度,认识到人是残忍的生物。通过植物的牺牲，花道家须传递出一些意义。"

珍而重之地对待采下的枝条，让它的能量流淌进自己的内心，再流淌出一些什么。需要将自由与慎重——这两种看似相反的情绪，融合无二地流淌在花道家创作时的身体中。

我初入门，一个作品动辄花掉几个小时。起初还能保持珍重，沉着摆弄至某个临界点后，忽然浮躁起来，像拴在一条若隐若现的专注力曲线上，攀至一个顶点，便要猝然掉落，心神像一颗打散在圆石上的生蛋黄，四处流泻，拢都拢不住。心说，就这么着吧，反正也算做完了。

心神耗散着，在院中闲晃一会儿，到隔壁房间听老师点评另一位同学的作品。一根好看的山茶花枝条，斜斜插在陶罐中，枝上倚着两朵绯色的扶桑花，正羞答答地看着我们。要我看，已经十分恰到好处，却见老师点评了几句，就开始动手修改。那根一米多长的枝条上，保留了几十片叶子，老师凝视一会儿，竟然开始一片一片地调整，把稍显耷拉的向上轻扶，将未迎着光的略略拨动方向，一片片细细调完一遍，果然更如枝在野。原来为率其性，竟需要这般细致、经意的努力。

眼里莫名涌上一阵热意，快步回到自己的隔间，看着那被珍重了一半草草完成的作品，罐口的撒明晃晃露着，未想到盖上一片叶子，点睛的花朵已然有一半脸背了光，像是负气冷战的恋人。

要经过多少技法的锤炼，才可致"戏作"啊。正如看中国文人画，需要分辨画家诉诸美学表达的"拙"，与真正的技法生涩；反过来，当技法还生涩着，又如何能追求游戏般地自由表达。想想真是道阻且长。

另一位跟随上野老师的花道家，记录过一个片段：

> 记得有一次我们去准备花材，那时梅花开，老师在一棵梅花树下看了很久，最终说不剪。那棵树大部分枝条都是直直的，只有那一根我们看中了的很特别。老师说，如果失去了这根树枝，那棵树就会变得很无趣，所以他放弃了自己想要的枝条。

这个片段真值得回味。

近来每上苍山，站在一棵树下，透过秋风中仍然蔽日的浓荫，看到树尖上被光照得几乎透明的叶子，就总想起老师站在梅花树下看了良久，却转身离开的画面。

也不知是否由于今年的自己足够定静，想入的领域，总能遇到极好的良师指引，在全然不同的领域中，由技缓缓牵引而至道的天地。

2

苏轼论画，说要"由技入道"，初始阶段磨炼技巧，达到心手相应，却不能止步于此，而须将技巧的运用提升至道的高度。

技巧纯熟而心中无道，便是我们通常说的匠气太甚。一心求道而技巧生涩，便如苏轼说"心识其所以然，而不能然者，内外不一，心手不相应，不学之过也"[1]。也是后来钱锺书说的，中国人流毒无穷的聪明，总是在不盖一、二层楼的情况下，直接盖第三层楼。

如今看来，后一种真多啊。如今好像人人都能坐而论道，可稍加探问，就发现竟无任何一以贯之的技艺，来实践、验证他的道。那些张口便是灵魂、爱与慈悲的，一开始还能唬住我，后来发现总是说一堆抽象的大词，而即便坚持每日片刻静坐实修，竟也不多（或许是我见得少）。

讲道不难，信息、观点如此易得，浸淫一段，任谁都能开口吐出一串颇有智慧的人生哲理。就在我风中凌乱眼含热意地看上野老师一片一片抚过树叶时，忽然就明白了苏轼论画时经典的一句总结——道可致而不可求[2]。

苏轼好友文同（字与可），善画墨竹，苏轼曾为其画题诗：

> 与可画竹时，见竹不见人。
>
> 岂独不见人，嗒然遗其身。
>
> 其身与竹化，无穷出清新。

庄周世无有,谁知此凝神。

——《书晁补之所藏与可画竹》

这是在说文同画竹时,类似进入一种入定状态,如此画出近似自然造化的竹。

苏辙也曾记述文同如何成为画竹高手。先是文人作画区别于职业画工的根本之处:"夫予之所好者道也,放乎竹矣!"继而说他以竹致道的过程:

> 始予隐乎崇山之阳,庐乎修竹之林。视听漠然,无概乎予心。朝与竹乎为游,莫与竹乎为朋,饮食乎竹间,偃息乎竹阴,观竹之变也多矣。若夫风止雨霁,山空日出,猗猗其长,森乎满谷,叶如翠羽,筠如苍玉。澹乎自持,凄兮欲滴,蝉鸣鸟噪,人响寂历。忽依风而长啸,眇掩苒以终日……此则竹之所以为竹也。始也,余见而悦之;今也,悦之而不自知也;忽乎忘笔之在手,与纸之在前,勃然而兴,

道可致而不可求

而修竹森然，虽天造之无朕，亦何以异于兹焉？³

又，唐代张彦远写："物我两忘，离形去智，身固可使如槁木，心固可使如死灰，不亦臻于妙理哉？所谓画之道也。"⁴

以上莫不在说，致道（画道、花道皆然）的途径，需要创作者将自我的天性融入对象的天性之中。文同画竹，不止眼中有竹，不止胸有成竹，而是经年与竹为朋中，他与竹的天性融合为一，再经笔端流出，所现与自然造化一般无二，这个过程（并非结果）就已致道。

忆起第一次看上野老师现场创作，那时我还生不出这许多感悟，只觉眼前这个黑衣人神色干净得很。当他执枝在手，无论身后多少双眼正盯着他，他周身都裹在一股寂寂之气中，凝视枝材的样子，恍若时光停在了那一瞬。当他举起花剪，手中动作如雷如电，枝叶簌簌而落，像是不经思考一般。不多时，归于静止，场中如经一夜雨疏风骤，黎明时分，晴空如洗，花灼烁，草蒙茸。

原来这才是花道。

再后来，当我看山野中的树木稍多些，回想当时，恍然明白，那时他全副心神已融入草木的天性中。我们看到的，只是空荡荡白壁前干巴巴的一枝，他看到的，是草木在一整片山川烟云怀抱之中，是"柳塘风淡淡，花圃月浓浓"的样子。

上野老师创造了一个场，没有用有形的东西，而是用诸如纯粹的目光、专注的动作、拨云见雾的只言片语，还有深不可测的道。三十多年习花道所沉淀出的干净而敏锐的心性，创造出一个场。

花道课过去很久了，那个场仍跟着我，只要进山，只要执起花剪，只要对着一面空荡白壁，摆弄枝条与器，那个场就会凭空而降，然后，诸如敬畏、珍重、自由这些抽象的道，就实实在在地飘荡在周遭像是凝固的时间里。

我总在思考，尤其今年如蛇蜕皮一般在冬日无边的黑暗中蜕变，外界纷扰隔绝，思考也只好全部落在自我的体验中。

我常想，如此这般与山川草木、与美的技艺、与故去之人厮混下去，五十岁的时候，会成何种面目？都说中年时不敢想老去，可当明明白白地走在由技入道的过程中，会愿意

道可致而不可求

想象，或许我也能像五十多岁的上野老师那样，即便一言不发、厌于表达，也能散发出萧萧肃肃、爽朗清举的干净气质，那些年轻时特别想拥有的锋芒、腔调、气势，尽数化为无形，就那么自自然然、天地间的一个人而已。

注：
1. 卜寿珊：《心画：中国文人画五百年》，皮佳佳译，北京大学出版社，2017年，第68页。
2. 卜寿珊：《心画：中国文人画五百年》，皮佳佳译，北京大学出版社，2017年，第72页。
3. 苏辙：《墨竹赋》，《栾城集》，上海古籍出版社，2009年，卷17，第416页。
4. 张彦远：《论画体工用拓写》，《历代名画记》，中州古籍出版社，2016年，卷2，第59页。

06
唯有功夫不负人

1

功夫,是一个具有东方精神的词,举凡需要心手相应、持之以恒练习,能带人由技入道的门类,都是一门功夫。

茶道、花道、剑道、书法、绘画、瑜伽、太极、写作,诸如此类,都是功夫。只读书、只健身、只思考、只修心,都算不得功夫。在这个层面上,前几年我走过很多弯路。

有几年,人们追捧匠人的生活状态,其实,匠人身份是表,手下功夫才是里。叫匠人的,不必然都有功夫;而有功夫的都算匠人,又不限于匠人。

顾随先生写诗中字之锤炼,随手举例:

> 杜甫之"星垂平野阔,月涌大江流",为坚实有力;而孟浩然之"微云淡河汉,疏雨滴梧桐",为圆润。诗人性情不同,表现感情姿态亦异。

又说:

> 从"气"之字多神秘,如氤氲。

> 冯延巳《菩萨蛮》之"和泪试严妆",虽在极悲哀时,对人生也一丝不苟。

> 人曰陶诗和平,尤不足信。陶渊明心中有许多不平事,而又不甘于为俗人气死,所以喝酒赋诗。陶诗耐读耐看,即能将经验变为智慧。似不使力而

颠扑不破。[1]

如上,字字句句皆极精到,令人只能拍案叫绝。一本《顾随诗词讲记》,读了三年了,仍有意无穷之感,且随自身所处时间、空间的变化,读出不同的意味。其耐读耐看,也因能将几十年经验变为智慧。这是一本书的张力,也是一个作者的功夫。

所以,功夫是格物致知,由知生智。是从客观经验到知觉,再到直觉的修炼。叔本华总结:所有直觉,背后都是理性。一言以蔽之。

学书者大都看过《笔阵图》,说"横"当如千里之阵云,"点"如高空坠石,"竖"如万岁枯藤……据说这是王羲之的老师卫夫人,教授笔法时所用的方法。

高空坠石、万岁枯藤,城市生活中不易见,但在大理,见见千里阵云,稀松平常。观察所得,体悟到"阵"表动势,无恒定的形状,不像一朵云、一团云、一片云,其形状更易描摹。

横如阵云,即一横的笔画形状虽千变万化,精髓在"动势",包含空间、时间的交互律动,这是书法美学最初浅的欣赏角度。横如千里阵云,后面还有一句"隐隐然其实有形",即动势要隐于形内,不能散,否则要么莽撞,要么潦草。

卫夫人这么教,一是前朝没有成例可循;二是但凡艺术,初起之时,与天地的关系更直接和紧密。诗三百,天地间事物皆能成诗,有什么就说什么,自然有力,不假修饰。

五代北宋的山水画,气势磅礴,因画家直接师于造化。五代荆浩,因避战乱,常年隐居太行山。对自然天地,"因惊其异,遍而赏之。明日,携笔复就写之,凡数万本,方如其真"。[2]

范宽,早年师从大师李成,后感悟"与其师人,不若师诸造化",于是隐居太华山中,山川气势尽收胸臆,自成一格。

于是,"宋有天下,为山水者,惟中正与成称绝,至今无及之者。时人议曰:李成之笔,近视如千里之远;范宽之笔,远望不离坐外,皆所谓造乎神者也"。[3]

艺术家,心中有辽阔天地,作品易出气象。后人可循得的成法定规一多,创作时便受束缚,前人、造化、心源都要顾及,信息处理的压力成倍增长,再难单纯。因此,中国的几大艺术门类,就气象而言,一兴起便成巅峰。如《诗经》,晋唐书法,北宋山水。好在艺术的审美维度,不只气象一端。

眼中见过千里阵云,内化,到下笔有动势;从眼中见天地,到胸中有丘壑,及至其画使人可游可居,生出画外意,这都是功夫。

北宋郭熙精准地阐述过:

春山烟云连绵人欣欣,夏山嘉木繁荫人坦坦,秋山明净摇落人肃肃,冬山昏霾翳塞人寂寂。看此画令人生此意,如真在此山中,此画之景外意也。

世人止知吾落笔作画,却不知画非易事。……人须养得胸中宽快,意思悦适,如所谓易直子谅,油然之心生,则人之笑啼情状,物之尖斜偃侧,自然布列于心中,不觉见之于笔下。[4]

唯有功夫不负人

所以，功夫是客观世界由眼入心（自然布列于心中），再心手相应（不觉见之于笔下）的修炼。这感悟，在艺术史上真是老生常谈了，于我，才刚刚体悟到。

看待世界和人生，不可只见整体，须看得到间隙。即能如此，总有人要说你过度阐释，真如"下士闻道，大笑之"，人们习惯否定自己看不到的世界。

2

习字大半年，堪堪入门，而甜头已尝到不少。我向来对周遭环境的感觉锐敏、微细，于人于事，自认有一点因感知力而来的洞察力。

凡事有一利就有一弊。弊，便是不耐糙烦。丑陋混乱的居室，不仅待不住，还迅速而直接地作用于情绪。因此，过去于外在环境，做不到随遇而安。尤其喜欢北欧、日本，多因环境臻于纯粹，单纯而干净。

每换一次房子，即便工作繁忙，也必大张旗鼓重新装修布置一番，非如此不能安顿生活。粗鄙脏乱繁杂之地，硬待也可以，但绝不能指望生出一丁点欢喜。故而过去人生，有许许多多忍受，忍无可忍，便逃避，便丢弃。

柳宗元《小石潭记》写山川泉林之美，末尾说："以其境过清，不可久居，乃记之而去。"于我，"其境过清"，简直是理想。

把习字当一门功夫练，最大的甜头是令我有了便利的安顿之地。不需安顿于舒心的环境，而是安顿于身心合一、专注忘我的一段光阴。从有形到无形，从忍受到享受，从受制于外境，到主宰身心的体验。经旷日持久的荡涤，能明白其尽头就是古人说的，得大自在。

我以为，但凡功夫，终点是一样的，都是使生命得大自在。《心流》一书，终章说"化整个生命为统一的心流体验"，是西方语汇中对东方"得大自在"的粗略对应：

人生的意义就在于"寻求意义"：只要找到一个统一的大方向，所有的行动与感受就会形成蔚为和谐的整体，人生各个不同的部分也会契合无间。不论过去、现在，还是未来，每种活动都深具意义。

对生命胸有成竹的人，内在的力量与宁静，就是内在一致的最高境界。[5]

功夫中的玄妙，说白了，就是将一个人的所有经验、行动、精力，收摄于一个点，使生命能量不致白白消散或浪费掉。难就难在，有功夫的人，这是不必多言的常识，而对门外汉，又如隔着重重大山，难以为外人道。

或许每个人都在等待一个机缘。

张充和先生，抗战期间避难昆明、重庆，常在空袭警报拉响以后，写小楷。有张照片，是一九四〇年二十七岁的张充和，租住在昆明呈贡一户人家的佛堂，一块木板架在四个汽油桶上，上面摆放茶盏、陶罐，因陋就简。未来茫茫，当下动荡，可照片中人，娴静、安宁。功夫使人境随心转、随遇而安。如她诗句："愿为波底蝶，随意到天涯。"

每临大事有静气，就是这般模样，装不出来，非功夫不可得。几年前看到她的照片，于我，就是一个机缘。

唯有功夫，可将平生所有遭遇，尽数化为滋养，其质地与时光成正比。名声怕诽谤，财富怕动荡，权势、美貌，从无持久，珍惜的亲人，怕无常。

唯有功夫不负人，它是最后的安顿。

注：
1. 顾随：《顾随诗词讲记》，中国人民大学出版社，2010年，第50、51、86-87、110页。
2. 荆浩：《笔法记》，《中国古代画论类编》下卷第四编，人民美术出版社，1957年，第605页。
3. 刘道醇：《圣朝名画评 五代名画补遗》，山西教育出版社，2017年，第68页。
4. 郭熙：《林泉高致》，《中国古代画论类编》下卷第四编，人民美术出版社，1957年，第635、640页。
5. 米哈里·契克森米哈赖：《心流：最优体验心理学》，张定绮译，中信出版社，2017年，第350–351页。

07
人间世里，悲欣交集

1

回先生老家过年，遇上疫情隔离，一家五口偏安一室，已经十几天。

北方的海边小城，干净清旷，市政设施像极了北欧小城，自行车道、慢跑道、海景步道、城市公园、市政广场，一应俱全。以前回来，我老开玩笑说，若不见街上的行人，倒是可以装作在北欧了。

真没想到有成真的一天。

出了家门，一路之隔就是大海，每日傍晚，在海边溜达，没有人没有人没有人。极偶然能见一低头徘徊者，或驻足远望者，皆像个诗人。这景象，太北欧了。

惯常向前行进的生活，突然被按下暂停键，抛入一个聒噪与恬静并存的世界。

无端想起中学时，正上着晚自习，书山题海的，突然停电了，就听教室里此起彼伏的哀叹，明明是叹，却任谁都听得出其中明目张胆的欢喜，像偷来的片刻闲暇，理直气壮的那种。

有人摸出一截蜡烛点上，前后桌窃窃私语，墙上人影憧憧，气氛真是浪漫。有人趁着黑暗传小纸条，摸黑写就的笔画层峦叠嶂，收的人仔细辨认着，不忘悄悄看一眼讲台上的自习老师，见他正睁一只眼闭一只眼地假寐，于是讲台下纸条传得更肆无忌惮。

在某次烛火摇曳的影影绰绰中，我收到过欣赏的男生传来的表白小纸条，记得我在心里说，一定要记住此刻场景。人生一切好的事物都是不耐久的，因此值得百般留恋。

人间世里，悲欣交集

铭记的结果,就是在此后人生的不知什么时段,会从记忆中轻轻漾起,与当下应和。比如这段日子,同样凭空而降的闲暇,如偷来的一段闲静光阴。

天黑下来,海风冷冷吹着,沿海一圈高楼灯火如昨,远处海面有渔船上的灯明暗交烁,四周全无人迹,如电影里的末日景象。又如古诗中的意境,长空澹澹孤鸟没,万古销沉向此中。

心中储存许许多多意象,是写作者的基本功,而抛开写作这一功用,内在有个纷繁的意象世界,是自得其乐的资本。

2

没有人的自然,树就是主角。十几年前在北欧,感慨北欧的树真是好看啊,刚劲者有,苍秀者有,婀娜者亦有。这几日散步,看树看多了,才恍然大悟,并不是北欧的树尤其好看,而是北欧的街道上难于见到人。

投注精神在何事何物上，何事何物的美才有机会在人的心中蔓延开来。

北方冬日，木叶尽脱，树的枝形全然裸露出来，在树下看着，枝枝条条交织着一片天空。移居大理几年，看惯了郁郁葱葱，都快忘了小时候住平房时，一个个冬日，凝视着院中那棵老杏树，有过多少遐想。

及至多年后，在北京买房子，还没挑几套呢，就在一处房子的餐厅里，看到窗外一棵四层楼高、树冠硕大的梧桐树，正值深秋，灰绿色的苍劲枝条，笼住整面窗景，几枝甚至要探进来，密得一点留白都没有。对一棵树怦然心动，于是就买了那套房子。

一直以为自己是个十分理性的人，文字之外，对着旁人时，稍多感性的情绪流露，便觉难为情。许多年里，现实的琐事、难事、糟心事，处理得够够的，待在团队里过，单打独斗过，带过团队，桩桩件件，都在训练人把控制情绪视为成年人的操守。

近来回味多了，发现自己真没几件大事是周密盘算过的，大都凭一点心向往之,就莽莽撞撞地去做了,平白担了个理性的空名。真应了朋友的玩笑话:原来你出来混,拼的是命硬啊。命硬不硬不知道,但这么莽撞地走过来,觉得活得有劲,活得高兴。

杜牧写"浮生恰似冰底水,日夜东流人不知",基调亦沉痛,但写得可爱可亲。孟浩然"微云淡河汉,疏雨滴梧桐",那么寂冷清肃,但写得多么美。人要高兴地活下去,总要在沉痛、孤冷的人生中,寻出一点可爱和美来。

如今我们都生活在两重世界,微信、网络里的世界,大形势多有沉痛处,但眼前的小日子,隔开纷扰,有所恋念,亦是大雨倾盆时,一个着落处。

3

在杳无人迹的海边溜达,我常感恐惧,或许下一秒,便是迎面卷来万顷巨浪,毕竟天道苍茫,人世无常。但一回头看到冬日枯黄的草坪上，一棵一棵光秃秃却虬劲的树，又切换进一个唯美的，永远平和的，意象世界。

于是在家看画，也爱看画中的虬劲枝条，与每日散步所见两相比照，自娱自乐。

如清初"扬州八怪"之一金农，擅画梅，以所画梅有古雅气韵而扬世。抛却对画作的理性分析，我不知道该怎么表达这种美的体验，古人爱说"只可意会不可言传"，从前我不觉得有什么事物是说不清的，要么是故弄玄虚，要么是方法不对。

深入日久，才觉自己"早岁哪知世事艰"，世间有许多东西，不可说，也说不清，或如禅宗不立文字，只因一说出来，就寡淡了，就没劲了，甚至就错了。

梅在中国文人心里，是清雅出尘，是冷香寂寂，是遗世独立。而金农的梅，生气勃勃，雌雄同体，是力与美，是过去、现在和未来。对着金农的梅，我能看一天，汹涌而来勃勃生气。

宋代诗人林逋，著名的隐士，结庐西湖孤山。他留下写梅名句，"疏影横斜水清浅，暗香浮动月黄昏"，历来被认为其梅最具高致。读来,有感于清香似远又近,缥缥缈缈,月影、梅影交错轻晃,唯美得不属人间,只好长在仙山上,云阶月地间。

金农的梅,长在世俗人间。他明知"画梅须有风格,宜疏不在繁耳",也赞同"用笔简淡,正如鹭立空汀,不欲为人作近玩也"。然笔下一出,却多密密匝匝好几簇轰然而下,枝繁花茂,熙熙攘攘,当是他从不欲其梅只为人作远观。我自孤独着,供你们开心,凭什么呢。

即便他在墨梅画上题"故人近日全疏我,折一枝儿寄与谁",也全然不觉孤冷清寂,他的梅枝们,华丽丽地冲撞进心里,撩得人云里雾里。

金农不比林逋,无福做隐士,五十岁后家道衰落,不得不卖书画为生。静安先生老早写过,对人生,须入乎其内,又须出乎其外。"……入乎其内,故有生气;出乎其外,故有高致。"[1] 就如金农入世画梅,有生气;林逋出世写梅,有高致。

顾随先生补解此语,说:"真正高致,情感热切而得失之念不盛,故无怨天尤人之语。于世俗生活,入得也出得,如鸟之双翼不可偏废。"2

七十五岁,金农在另一幅墨梅图上题:"衰晚年零丁一人,只有梅鹤、病痛饥饿为伴。"读之如饮一瓢凉水。

人间万事消磨尽,只有清香似旧时。只有清香,好在还有清香。

4

越至中年,越能体味弘一法师圆寂前绝笔,"悲欣交集"。人生最不美,最困难,然再没有比人生更有意义的了。

离开大理前有一日,咖啡馆的晚上,同一位独居日久的女朋友喝着热红酒围炉聊天,谈话不时被女儿的各种需求打断,于我是习以为常,她默默看了会儿,忽然幽幽地说:"我有时很羡慕世俗的快乐。"

我一口酒差点喷出,回她:"你多看几个就会发现,我们世俗中人,有几个在享受世俗的快乐?"

世俗不生产快乐,它负责生产琐碎、痛楚和麻木,那一点快乐,来自偶尔的超越世俗。世俗的重要,在于能衬托非世俗的快乐,比如艺术、宗教、哲学、偶尔的灵魂出窍,和偷来的浮生半日闲。比如明明外面兵荒马乱,家中却时光静软,现实中也有平行世界。

前日临睡前,我蹲在床边给女儿剪脚指甲,或许是白天看到疫情迅猛,看到飞机坠落人世无常,徒增感伤,边剪边幽幽对女儿说:"等你长大离家,或许会有一天想起,小时候在暖黄的灯下,妈妈给你剪脚指甲的情景,想起曾经有人那么那么地爱你,会让你觉得不孤单。"

女儿大哭起来,抽抽搭搭地说:"我不想长大,我想永远这么小,我不长大你就不会死了……我长大了也不想跟你们分开……"哭到最后,她问出了一个哲学命题:

"妈妈,是不是地球上所有人,都得从生到死走一遍?"

真是悲欣交集吧,明明是沉痛的人生主题,我抱着她,泪盈于睫,却是酸楚与幸福同时涌上,这话题多么老生常谈,而这体验又多么新鲜。我不知这种时刻,算不算世俗的快乐。

若算,那体味世俗的快乐尚有一法,莫思身外无穷事,且尽生前有限杯。若不算,那权当是万事消磨的人间世里,偶然飘来的一阵清香吧。

注:
1. 王国维:《人间词话》,中华书局,2015年,第37页。
2. 顾随:《顾随诗词讲记》,叶嘉莹笔记,吴之京整理,中国人民大学出版社,2010年,第164页。

08
美，一半在时代，一半在个人

1

我们时代的审美，整体而言存在一些问题，我想这么说大概不会有人反对。稍稍向外张望一下，或者往历史中探一探，再回看现实，就会发现，这个时代的标签，或许有辉煌、成就、盛大之类，但在"美"上，我以为不太乐观。

魏晋的潇散简远、冲淡雅逸，盛唐的雄浑劲健、华丽精致，北宋的素简澹泊、理性恬静，每个时代都有各自开创的美，它们超越当时的政治、经济、军事，长久地闪耀在历史的星空。我们的时代呢？

或许你会觉得所言尚早，可很不幸，一个时代的审美不是空穴来风，只要在艺术、美学、历史上投注眼光，便会看清它的来龙去脉。

审美的土壤是文化，表征是文艺作品。宋人的审美公认的好，全因其文化繁盛。陈寅恪先生言："华夏民族之文化，历数千载之演进，造极于赵宋之世。"[1]

文化养出审美，而文化本身，依赖创造文化的人。就"雅文化"这条线，历史上的创造者统称为文人。文人不等于只会舞文弄墨的人。

曹操一代枭雄，辛弃疾上马能战，王安石在一千年前的改革，就着眼于国家的金融控制系统，颜真卿是安史之乱前线的中流砥柱，王阳明以一人之力平定宁王之乱，纳兰容若是康熙的御前侍卫，但他们都是文人。

以为是文人就一定手无缚鸡之力，是以偏概全的谬误。说文人是臭老九，更是"文革"时从历史上精心挑选的措辞，其心可诛。（元朝大搞民族歧视，将人分九等，汉人中的文人儒士居第九等，于是有"臭老九"的叫法。）

历史上，文人最好的时代在宋。因为除了事功，文人最广泛的领域在立言，因此评价文人的处境优劣，一个指标是看文人因言获罪的数量。

《宋史》中有提及"太祖誓碑"，说宋太祖曾立下不使大臣因言获罪的规训，纳于太庙，传及子孙。故宋一代，极少杀文人士大夫，因政见不和而丧命的，大概只有一个北宋末期主张与金人议和的张邦昌。但他被处死的原因，却不在政见有异，而是靖康之耻后，张邦昌由金国扶植，建立了伪楚政权。

社会层面，科举取士鼎盛，相比唐代，宋代的录取名额扩大了十余倍，天下寒士普遍能通过提升文化修养来获取官阶。文化生活层面，结社自由、集会自由，娱乐业发达。文人士大夫对精神生活有着狂热的追求，诗文书画就是生活，雅集就是日常。宋代文人享有的自由和优待空前绝后，乃至文艺领域大师辈出，登峰造极。

文化繁盛的原因，从来不是几句振兴的口号，关键在于，是把文艺当手段，还是目的。我们今天看到的（绘画、建筑、电影电视），听到的（语言），读到的（书籍文字），即便偶有美的灵光，也迅速被拽入一池污泥中。

污泥不等于通俗。乐府诗起于俗，宋词起于俗，唐传奇起于俗，明清小说起于俗，然只需百年时光，就成了艺术长河中的雅。雅俗之分，并不是评价时代审美的关键。文化和审美的大敌，是被统一的标准所规训，被工具化。

纯属于雅文化的山水画，成熟于北宋；诞生于俗文化的词，全盛于宋。宋画的庄严淡远，宋词的瑰丽纤秾，共同造就宋的美学。

朱光潜用诗句类比过一切美的两种共相（即在无数的美的事物中，可抽取出两种美的类型）："骏马秋风冀北"与"杏花春雨江南"。[2] 前者刚性美，后者柔性美，刚性美是动的，柔性美是静的。

大致而言，宋画的美，偏骏马秋风冀北；宋词的美，偏杏花春雨江南。动如醉，静如梦。

文艺是自然和人生的返照，美是文化繁盛的时代结晶。

拿山水画来说，经由考试甄选出的大批文人，往往由野而朝，由乡间而城市。他们一面创造并享受城市繁华，一面又深深惦念着精神的原乡——山水花鸟的林泉之境。对山野的理想化成了一种普遍的心情。丘山溪壑、野店村居、渔人樵夫，成了一种情感上的回忆和寄托。这种情怀归于审美，即是山水画。

又是北宋郭熙，对此作过感性的总结：

> 君子之所以爱夫山水者，其旨安在？丘园养素，所常处也；泉石啸傲，所常乐也；渔樵隐逸，所常适也；猿鹤飞鸣，所常亲也；尘嚣缰锁，此人情所常厌也；烟霞仙圣，此人情所常愿而不得见也。直以太平盛日，君亲之心两隆，苟洁一身，出处节义斯系。岂仁人高蹈远引，为离世绝俗之行，而必与箕、颍、埒素、黄绮同芳哉！白驹之诗，紫芝之咏，皆不得已而长往者也。然则林泉之志，烟霞之侣，梦寐在焉，耳目断绝，今得妙手郁然出之，不下堂筵，

坐穷泉壑,猿声鸟啼,依约在耳,山光水色,滉漾夺目。此岂不快人意,实获我心哉?此世之所以贵夫画山之本意也。³

有性灵的人,创造出繁盛的文化,文化养出好的审美。才有凝结于宋画、宋瓷、宋词中的宋代美学,与唐之气象、天真、雄健、华美,交相辉映,成为中华艺术的两座高峰,旷古烁今。

现代生活,与自然隔绝,现代人生,被统一的步调控制,你所有的感悟,都由他人总结出来与你共鸣,你大多数感动,都失去了个性。如此返照来的文艺,失了真,没了善,遑论美。

2

较之宋,明代前一百年,是令人感伤的文艺黯淡的一百年。大师们集体避开了这个时代。

明代对文人士大夫极尽打压，一三七六年至一三九三年（一三六八年明朝开始），明太祖主持政治整肃四次，被检举的对象，从宰相到下层地主，近十万人丧生。士大夫官员在朝堂上，言不称意就打板子，毫无尊严。大名鼎鼎的元四家之一王蒙，就被政治整肃殃及，死在狱中。

文人历经被划为"臭老九"的动乱的元朝，终于看到汉民族重主天下，以为将迎回文人在宋代的尊崇，于是元朝归隐的文士们，纷纷入世做官以图济世，却不承想，那竟是最后的幻光。人就是这样，不被善待，也就不易善待别人。所以明代文人相轻，靡然成风。

明代画坛，在沈周成为炬火之前，值得提的，只有一个戴进。戴进作为画家的个体经历，是明初时代环境的缩影。

他以画艺扬名，宫中一位福太监向宣宗推荐他的画，宣宗召集宫廷画院名家一起观赏。两幅看毕，画院中人妒忌心已起。

至一幅渔父图时，画院领袖谢环说："屈原遇昏主而投江，今画原对渔父，似有不逊之意。"渔父图，历来是山水画的一个母题，表达士大夫的出世高致。谢环所言，暗示戴进画文人归隐，是对朝廷不满。又至一幅，谢环言："七贤过关，乱世事也。"于是，宣宗怒，下令将福太监赐死。[4]

戴进仓皇出走，逃避谢环的搜寻和迫害，在杭州一带的寺庙中假扮僧侣，隐姓埋名，甚至辗转漂泊至云南。何至于此啊！

想想北宋文坛盟主欧阳修提携苏轼，感叹后生可畏时言："汝记吾言；三十年后，世上人更不道着我也！"[5]又是何等开阔的胸襟。

一个时代的文人和文化，精神的自由不在，则风骨不存。故中国画史上"明四家"，沈周、文徵明、唐寅、仇英，成就都在民间。再难有北宋西园雅集那般，在京都一隅，一次平常的文人聚会，几乎囊尽一时大家的盛况出现。

文化人的态度，决定了文化的高度。宋代的文化高度，是优待与自由之下，文化人万众狂欢所致。到了明代，则是个体戴着镣铐的孤独抗争。

总有人说，高抬文艺，必会误国。你看宋代文艺鼎盛的同时，是积贫积弱的政治军事。这种观点，放在皇帝个体身上，大概还有几分可探讨。若套用在时代整体头上，是荒谬的历史逻辑。

文化艺术与政治军事，是一个时代的两面，而非直接互为因果。政治经济军事是手段，为使一个时代能有余裕创造自己的文化，照耀后世。如同一个人，吃饱穿暖有安全感，为使精神的享受与创造达至一个高度。若为吃而吃，与咸鱼无异。

手段和目的弄反了，是本末倒置，徒留一个空心的华美躯壳，是对不起后人。如你我所见，语言的僵化粗鄙，艺术与审美的分离，其源也深，根本不是振臂呼吁几句所能改善。

审美的问题，解决的出口在个体。历史做出过启示，这样的时代，文化依赖文化人、艺术家们，孤独地走出一条路，或可成为炬火。与其苛求他人与时代，不如反求诸己。

3

就一个人而言,审美为什么重要?先要看审美是什么。

美在于事物的关系,这是狄德罗的断言。[6]据此而言,审美,是人对事物关系状态的选择。

诸如用什么字句描述一样事物(文字与物的关系),用什么画面描绘自然(绘画语言与自然的关系),生活中,家里选什么家具,用什么碗盘盛食物,桌上摆什么花,墙上挂什么画(物品与空间的关系),都是众所周知的,审美的管辖范围。

还有一些隐性的范畴,譬如,从前女子对婚姻的期许,是妾如藤萝欲托乔木,今天我们要的,是并肩而立互相成就,其中就隐含着两性关系审美的发展。这自然有社会发展和文化变迁的原因,但最终固化于审美。

人生层面,陶渊明"纵浪大化中,不喜亦不惧",杜甫"悲愁回白首",苏东坡"归去,也无风雨也无晴",是各自对人生这个对象的审美基调。

再有，人如何看待自己的时代。同为南宋前期的词人，辛弃疾写："向河梁、回头万里，故人长绝。易水萧萧西风冷，满座衣冠似雪，正壮士、悲歌未彻。"姜夔写："旧时月色，算几番照我，梅边吹笛。唤起玉人，不管清寒与攀摘。何逊而今渐老，都忘却春风词笔。"同样的时代，辛弃疾对之，如大醉舞剑，沉痛悲凉，心多不甘；姜夔对之，如午夜梦回，强装心死。

这种种关系的底层，是一个人的审美在起作用。人和人的关系更是。我不怕性情悭异的人，也不怕聪明过度的人，唯独对着喋喋抱怨的人，要勉强应和一番，真是觉得苦。大概在我的审美中，一个人被怨气笼罩之时，最难看。

有人厌烦过度自恋者，有人受不了张扬跋扈，还有人看不惯一脸纯情，觉得太假。底层都是各自对"何为一个好看的人"的审美在起作用。审美中包含心理、视觉偏好、价值判断，这复杂的方方面面，化和而成一个人的审美直觉。

为什么哲学家、美学家们普遍认为，审美好的人，不易去做卑污之事？教育家蔡元培干脆提出"以美育代宗教说"，

因为:

> 纯粹之美育，所以陶养吾人之感情，使有高尚纯洁之习惯，而使人之我见、利己损人之私念，以渐消沮者也。[7]

他一生不遗余力地倡导美育，临终之时，殷殷嘱托：科学救国，美育救国。一百年过去了，这叮嘱仍是醒世之言。这一百年，我们的科学或许有长足进步，但美育上，却是开了倒车。

美育，不是弄弄风花雪月，也不限于美术教育，更不是艺术技巧的训练。科学与理性紧密相连，美育则作用于感性。因此，美学在西方初提出时，名叫"感性学"。[8]

好好地做个人，做个公民，理性和感性同等重要。理性武装头脑，能推理分析，能独立思考，能正确判断，然后才能求真。感性作用心灵，使眼能看到世界的美丑，心能感受他人的悲喜，能共情，能感动，能柔软，然后才能善良。

现实的本质,是一个密密无缝的利害网,大多数人不能跳脱这个圈套,所以转来转去,仍是被利害两个字套住。美感的世界,是纯粹的意象世界,它超乎利害关系,是"无目的"的人生清凉。[9]

4

那么,什么造就一个人的审美?又能怎么提升审美?

诗人与艺术家,是专业处理审美的群体。他们在世间万物中感知、筛选,抽取出最能表现其审美意涵的物象,再以全部的情感将之化和,产出艺术作品。我们不是诗人,不是艺术家,要提升审美,当从他们中去寻找方法。

处于中国文化金字塔顶端的艺术理论,早已总结出路径:师造化,师前人,师心源。造化即大自然,前人指一切经典作品,心源即人的感悟。这几乎是艺术领域的通则,也是美育的路径。后来各派美学家的论述,都是在这三者中选取某一路径做研究和阐释。如前面提到的法国哲学家狄德罗,就主张师法自然。

三条路,看上去都很平常,谁都知道多接触自然、多看经典、多逛美术馆,有好处。但是,难就难在,并不是一个人天天身处自然,能背诵几百首诗词,去过很多美术馆,就必定有好的审美。只有将表面视觉感官的美,上升到精神内蕴的美,才是审美的提升。

这一步,不是把自然、艺术作品与我们的生活做简单的组合,而是化和。组合,是加法的累积;化和,是运化后产生新的东西。拿面对自然举例——

人人见过下雨,一般人觉得稀松平常,有一点感知力的,看到窗上雨帘,看到雨水浸润后的天色,觉得美,或许还能说出一句"雨过天青云破处,者般颜色做将来",然这还是一般层级的审美体验,因平常视角就可得见。

诗人呢,他看到"疏雨滴梧桐",梧桐叶极轻微地一荡一荡,雨水一滴一滴滑落,是一个放慢了的镜头,所激发的人的感觉,是宁静岑寂。另有诗人在下雨时,看到"江阔云低、断雁叫西风",是一个移动的广角,留在人心上的感觉,是孤凉。还有诗人看到"霭霭停云,濛濛时雨",直接把人拉入一个缠缠绵绵的意境空间,得闭着眼感觉。在诗人那里,平常视角入不了诗,自然以另一种视角呈现。

再如,在洱海上回看苍山,没有人会对那种大开大合的美无动于衷。但怎么美的,诗人看到了,说:"湖上一回首,青山卷白云。"窗前有鸟落在枝上,大多数人不会多看一眼,若你读过并想起"翩翩飞鸟,息我庭柯。敛翩闲止,好声相和",至少有片刻,你会投注目光在那枝头。

我们读诗词,就是在师前人,在习以为常的自然中,看到一般人看不到的另一番景致,从而拓展我们感觉的边界。

这是自然、前人在一个人心中的化和,停驻目光的那片刻,就有我们对天地的感悟。看名画、逛美术馆,也是同样的道理,都是为了使感性锐敏。审美就在这时时、种种的感悟中颐养出来。

中国艺术中,诗词讲境界,书法讲意境,绘画讲气韵。都是说意象与艺术家化和之后,生出的不可见而可感的东西。

一流的作品，是言有尽而意无尽。顾随说，那个意，就是韵，是留在心上，不走。

对一个人的最高评价，是有格局、有境界，也是在可视可知的言与行之外，有可感的空间。人虽不见，但他给你的感觉不散。一个人乏味，主要是干巴巴的，说的话、做的事，难让人生出感悟。艺术与人一样，需有张力。因此，一流的人，是死了上千年，还能让人深深地感觉到他。

昨天夜里，躺在床上，想起几句"敝庐交悲风，荒草没前庭。披褐守长夜，晨鸡不肯鸣"。陶渊明寒夜里饥寒交迫，披衣坐等，盼着晨鸡叫天明。与那种感觉共情，仍会感到心酸难言，徒叹人生。

我们进行自我美育，亲近自然为能与天地共鸣，看伟大的作品为能与前人共情，这一切的终极目的，是成为一个有境界的人，为了活这一世，能给他人些许感悟。我以为这是人的一份责任，活着的一点意义。

5

审美作为一种感知力,一半靠天赋,一半靠颐养。我们可努力的这一半颐养,还有几个要素。

凡"养",就需要时间,一个时代的审美动辄花费几代人的光阴。一个人的审美,作用于根性,往往从幼时就须养起。成年人,非若干年不可致。因此,急不来。

凡"感知",就需要静的修养。所谓"万物静观皆自得",唯能静观,才看得见。忙迫、用力,皆是背道而驰。

凡"静的修养",就需要一门功夫,随便什么,只要能使你动用双手或身体。功夫可帮助人养出一个宁静的核心。

一场大疫,人们多了许多闲,但是,闲不必然使人静。"闲愁最苦!愁来愁去,人生还是那么样一个人生,世界还是那么样一个世界。"[10]

当此现实,做些静的修养,在静中领略,无论是凝视窗外有感而发,还是捧读诗书有所共鸣,都是对审美的颐养。不要潦草地将时间打发。

前面提到,陈寅恪先生说华夏文化造极于赵宋之世,后面还有一句:"后渐衰微,终必复振。"多希望这时代的走向,能使先生预言成真。

注:

1. 陈寅恪:《邓广铭〈宋史职官志考正〉序》,原载1943年3月《读书通讯》。
2. 朱光潜:《刚性美与柔性美》,《文艺心理学》,《朱光潜全集》第三卷,中华书局,2012年,第322页。
3. 郭熙:《林泉高致》,《中国古代画论类编》下卷第四编,人民美术出版社,1957年,第631页。
4. 高居翰:《江岸送别:明代初期与中期绘画》,夏春梅译,生活·读书·新知三联书店,2009年,第26-27页。
5. 朱弁:《曲洧旧闻》,《中吴纪闻 曲洧旧闻》,王根林校点,上海古籍出版社,2012年,卷8,第148页。
6. 德尼·狄德罗(Denis Diderot),18世纪法国启蒙思想家、哲学家、戏剧家,提出"美在关系"说。主张艺术效法自然,反对仿古,反对墨守成规。
7. 蔡元培:《以美育代宗教说》,《蔡元培教育文选》,人民教育出版社,1980年,第30页。
8. 德国哲学家亚历山大·戈特利布·鲍姆嘉通(Alexander Gottlieb Baumgarten),1750年首次提出美学概念,认为需要在哲学体系中给艺术一个恰当的位置,由此建立了一门研究感性的学科,称其为"感性学(Aesthetic)",也即美学。
9. 朱光潜:《开场话》,《朱光潜全集》第二卷,安徽教育出版社,1987年,第6页。
10. 朱光潜:《谈动》,《一升露水 一升花》,江苏凤凰文艺出版社,2017年,第6页。

09
写作，为散怀抱

1

我妈年轻时的理想是当一个作家。

我小时候第一次听到她这么说，认真想了想我知道的作家过着什么样的生活，默默在心里划去了这个选项。

我爸年轻时写了很多诗，被收录进一本诗集。我妈比我爸还高兴，这本来感染了我，觉得会写诗很了不起。然而，很快我就知道了海子和顾城，他们的痛楚挣扎，这令我胆怯，也把这个选项默默在心里划去。

我爸还热爱武侠江湖,最爱看打打杀杀的电影、电视,以致我小时候总跟着看武侠剧,第一部是《雪山飞狐》,每天晚上看完两集睡觉,梦里全是袁紫衣。我总是边看边抹眼泪,觉得人在江湖太难了,全家一起看,我又不好意思痛快地哭,于是就很堵,脖子上到鼻子一段,总是木木的,长大后泪点变高,可木木的感觉总还在。

看我爸一生行事风格,大约是很认同"侠之大者为国为民"。我也认同,然而我小时候身体不好,要身在江湖,怕是一露面就被打死了。因此,也不太敢放任侠义在心中鼓荡。所见多少不平事,当面说不过别人,骂不出口,就憋在心里一遍遍演习,对自己脸皮薄很不满,常常羡慕泼辣的人。

我妈过生日,喜欢我爸送她一首诗或者写一篇文章。我小时候过生日,我爸也会写给我一篇文章,我现在抽屉里还有一篇五岁生日时他的手稿,每一段都以"女儿五岁了"起头。

今天来看,应该属于崇侠尚义的文艺青年之家。

一个人长大,先要背离他惯常所见的一切。我中学时很讨厌别人把文艺的标签贴在我身上,也不爱跟同学搞拉帮结派那一套。我学文科,数学挺好,不是出于喜欢,是那时所知许多知名文艺女子,数学都不好,比如张爱玲和三毛。我以为只要我数学好,就不能算太文艺。

高中男生写情书,抄徐志摩的诗,堵在校门口塞给我,我拆开看了开头几句就觉得腻歪,丢回给他。一路往家走,心里很气,为什么会被认为喜欢这种柔情的路数。那时觉得,男生太过抒情、温柔,便没有男子气(谁想过十几年后被啪啪打脸的自己)。

考大学报志愿,想学新闻,选学校时想离家尽量远。有两个专业避之不及,一个是中文,一个是会计,觉得前者太虚,后者太俗。后来发现,这两样,一样是我爸妈最擅长的,另一样是最不擅长的(有一种去掉一个最高分,再去掉一个最低分的既视感)。

差了几分,我没上成离家很远的大学的新闻系,被调配到北京一所财经院校的中文系,课程一半文学类,一半财会类,我内心是崩溃的,咬牙切齿地觉得老天爷算计我,不然不能安排得这么完美地恶心人。

写作,为散怀抱

大学里第一次去王同学的宿舍，看到他被子叠得整整齐齐，小书架上摆着一排鲁迅，觉得这应该是个挺阳刚的人，不会过于风花雪月。

然而，确定了关系后，他居然开始写很多信，还以"君"相称，两栋宿舍楼紧挨着，非要下楼来，把信给我，也不说什么话就转身回了楼。

得，又是一位文艺青年。我拿着信，忽然有点无力。

也不知为什么，我以前对文艺有那么大的抵触。好像生怕落入虚浮矫情的人生，怕过上不够扎扎实实的生活，怕养出一个多愁善感、情绪泛滥的自己。

说到底，我怕成为一个无法搞定现实的人，那样的话，窘迫、落魄伺机而来，无法体面地活着。而文艺在我心里，应该最体面。

因此，成为写作者，从来不在我的预期中，无意中走上这条路，我依然觉得，是受了老天爷的算计。

在众多从事过的职业与做过的事情中，只有写作这件事，让我有一种"着力感"，知道劲儿往哪使，在它面前，我最敢坦诚，最能保持努力、克制与自我反省，它不是一个目的或目标，它是道路，是舟楫。

而为何只有写作成了我的舟楫，这多少有宿命的意味。非得经过了，回头看，才看得出一步一步如何"被选择"。

我有时觉得自己简单，有时觉得自己复杂，简单到不喜欢任何复杂的人和事，不得不面对时，就奋力把复杂条分缕析地变简单，在朋友眼里一直是个稳定而清晰的人。

复杂呢，我甚至在一起过了快二十年的王先生面前，也无法做到袒露全部弯弯绕绕的心绪。激烈的冲突时，实在忍不住眼泪夺眶而出的前一秒，我必要转过身去或者关起门来，没有过哪怕一次情绪奔涌歇斯底里，然而那些情绪都在，我看似平静的海，但海面下暗流涌动，无止无息，连我自己也看不清楚。

只有在写作这件事里，我全然打开，毫无保留，不考虑是否体面，可以简单可以复杂，那些暗流涌上水面，将我冲刷得一点点透明起来。对面坐着那个总算计我、还一算计就一个准的老天爷，就没啥可压制着、掖着、绕着的，反正也绕不过人家。

因此，关于写作这件事儿，我更赞同庆山的观点："不是需要契机，而是需要'被选择'。"

确定"被选择"的感觉，是在它面前，人能掏心挖肺，彻底释放自己。在其他人和事面前，都不够彻底，不够不管不顾，不够透明。

写作与任何事一样，我从不觉得它更有价值或更有意义，它如今只是更惯着我、包容我、滋养我。"一个人，可以做艺术家，也可以锯木头，没有多大区别。"[1]重要的是，有这么一件事，能让一个人面对它时，活得是自己并且干净。这就足够了。

没能成为年少时最想成为的那个人，这是很多人的现实，也是我的现实。可这一点也不糟糕，我甚至觉得，老天爷的"道"，本就如此。探索、寻觅、兜兜转转，然后无限接近自己、看清自己，透过自己看清天地，多有意思。

因学书而读蔡邕《笔论》，言："书者，散也。欲书先散怀抱，任情恣性，然后书之。"

"散怀抱"与"任情恣性",说尽了一切创作的初衷和意义,也说尽了能使一个人安定在一件事里,最根本的原因。写作于我,不过就是这样的一件事。

2

凡创作者,大多更愿意聊天分与才情,那样会使人觉得作品更有灵气。而较少愿意赘述"努力",那会显得很笨。

很遗憾,我不确定天分是否有惠及于我,我更有心得的,是多年来所下的一些笨功夫。

写出来,算是这些年在其中次第行进的梳理总结。也是回答被问到最多的问题:写作有没有好的方法?

"文本无法,文成而法立,而文不必依法作。"[2]

因此,先写过许多,再有对写的总结、领悟。这个因果不能颠倒。

散怀抱

"散怀抱"是创作的初衷、意义。这也仅就个体而言。

然而散怀抱,不是想散就能散。个中功夫,除了写作本身的累积,还在人对生活、生命、天地的体验与参悟。

它是第三层楼。

又要提钱锺书先生言,中国人流毒无穷的聪明,是总想不经过一、二层楼,就直接上第三层楼。

即便第三层楼,也有路径。相对直白的,西方有一本《写出我心》,大致在说怎么在写作中"散怀抱"。核心围绕着,"于写作最重要的,就是去写、写、写!"确实如此。

我仍在攀爬第一、二层楼。

凡事有例外,天才不用爬楼,但天才激情创作之后,想要继续保持天才的产出,也得老老实实爬楼。就像开悟,开一次管不了一辈子,还得老老实实走在下一次开悟的路上。

不把天才的方式安在自己身上。谦卑地把自己当一个蠢笨的人,所凭唯有一步一步向前走。

面前坐着谁?

文章分三种:最上乘的是自言自语,其次是与一个人说话,再其次是与很多人说话。

做过媒体的人,一般最擅长写与很多人说话的文章。这一类的水准,最好能篇篇如药石,需要广闻博识、强大的理智,需要头脑冷静。与一个人说话,需要动情入心、感觉锐敏,要知人心。自言自语,唯感情热烈者可以,否则容易无话可说。

因此,顾随总结,文人三个条件——冷静头脑、敏锐感觉、热烈情感。[3]

一个好的写作者,写哪一类应该是他的选择,不该是只能如此。

早年我写与很多人说话的文章,近几年,才多行至第二类,如读者所言,像一个朋友在絮絮而谈。如今,我迫切地想要多些自言自语,想要头脑中习惯存在的观众消失。

行文的追求,也从如"药石"到如"密友",再到能"自语"。承载"自语"最适合的莫过于随笔和散文。

在白昼筹谋已定的种种规则笼罩不到的地方，若仍漂泊着一些无家可归的思绪，那大半就是散文了。它的本色在于不是什么，就是说它从不停留，唯行走是其家园。[4]

随笔散文类写作者，看到这句多半能感同身受，表述极其到位。在行走中，无家可归的思绪得以尘埃落定，一颗热烈躁动的心走向宁静。

取法乎上

顾随说无论弄文学还是艺术，皆须从六朝翻一个身，韵才长，格才高。又说，太平时文章，多叫嚣、夸大；六朝人文章静，一点叫嚣气没有。并且，六朝文采风流，而要于其中看出他的伤心来。[5]

《世说新语》有一则：

郗公值永嘉丧乱，在乡里，甚穷馁。乡人以公名德，传共饴之。公常携兄子迈及外生周翼二小儿往食。乡人曰："各各自饥困，以君之贤，欲共济君耳，恐不能兼有所存。"公于是独往食，辄含饭两颊边，还，吐与二儿。后并得存，同过江。郗公亡，翼为剡县，解职归，席苫于公灵床头，心丧终三年。

每读此则，都觉百感交集，酸涩得很。屡次之后，细看它为何令人触动。

就两点，格高而韵长。

韵长，主要在末尾一句"心丧终三年"，如手指离了琴弦，任其自行颤动，才有余音袅袅。其次，郗公一言未发，只一句动作描写"独往食，辄含饭两颊边"，再出来，便是"亡"了，韵多存于留白之中。

把所有间隙都写出来，了无韵致。行文不可言尽，机灵不可抖尽。

格高，即为一般世人不能为，所写能超出世人的"常识"。

世人皆爱子女，为其计长远，郗公含食喂的不是亲子。世人以为寄人篱下将难得善待，于是郗公的不合常识就给人触动。

文的格，靠的是人的格，书画亦然，这是中国古典文艺伟大之处。西方文艺探究、表现人性之复杂、幽微，中国文艺表达人格对人性的胜利。

我们青年时都想要认清这个世界，想要尽力看清人性，当年岁渐长，体会过人性超出想象的复杂和阴暗，有一部分人，会渴望人格的光。

因此，我常想，中国古代文人是真愚吗？难道他们不知人性的复杂和不可靠？但他们仍要将伟大的人格写进家训，"祸害"子孙，用叔本华的话说，是对生物意志的反叛和超越。

因学书法，临颜真卿碑帖，读《颜真卿书法评传》，为他没得善终唏嘘。其祖颜之推著《颜氏家训》，有"诚臣殉主而弃亲"的明训，成为颜氏的家庭传统。颜真卿七十多岁时，作为四朝元老、皇亲国戚，本来可以高举远引，挂冠东去，得以善终。却因严循家训，明知出使李希烈叛营纯粹是权相卢杞的阴谋，一去必无归旋之日，仍要独赴国难，"计不旋踵，已无归意"。临死写家信,也只是嘱咐"严奉家庙,恤诸孤"。

今天我们可以轻易评判说这是愚忠,抛开道德观念的演变,我却觉这是一种业履之纯,是一个人的"格",它超越了生物趋利避害、贪生怕死的本能意志,是人格对人性的胜利,并在他的艺术中被保存、流传下来。

胡适小时候念的第一部书,是他父亲自己编的一部四言韵文《学为人诗》,开头就是:

为人之道,在率其性。

最后又言:

义之所在,身可以殉。求仁得仁,无所尤怨。

我甚至觉得,这比颜氏家训更令人动容。不是世家,不是望族,个体不完全需要为了家族名望牺牲,只是平平常常一对父子,在父亲写给儿子人生开蒙的第一课,既盼他能率其性,又嘱他"义之所在,身可以殉"。接纳人性,同时追求人格。

尽管我只会告诉女儿"遇到危险,能跑先跑",再长大些,恐怕也不太能教导她"家国有恙,以命相抗""义之所在,身可以殉",可这些还是会感动我,正因为我舍不得,做不到。

但这些触动都影响了我对自己为文的期许,还是要有"格"。

除了韵与格,文章还需有声色。

曹丕《与朝歌令吴质书》有几句:

> 白日既匿,继以朗月,同乘并载,以游后园。舆轮徐动,参从无声,清风夜起,悲笳微吟,乐往哀来,怆然伤怀。

短短几句,有月、笳、风、哀,对应着人的眼、耳、感、情,因而动人。

李陵《答苏武书》：

> 凉秋九月，塞外草衰。夜不能寐，侧耳远听，胡笳互动，牧马悲鸣，吟啸成群，边声四起。

只写"声"，初听是风吹草叶的沙沙声，再细听，声音一层层荡开，笳声、马嘶声、马群奔跑声，由近至远，随着塞外风号，荡至遥远的空茫。

陌生的空茫，饱含人类可共情的普遍的孤寂，才有接下来的：

> 晨坐听之，不觉泪下。

有了前面一层层声响的烘托，此处便顺理成章，很易感受到作者泪下的悲凉心境。

读前人文章，要读出好在哪里。

日本作家小泉八云《论读书》言：

写作，为散怀抱

大文章要速读，得其气势；小文章要细读，得其滋味。读后要合上书，想我们所得之印象。

"印象"是声色，是节奏，是感受，唯独不是评价。

读懂他人文章的好，才知自己文章怎么算好。才不会自鸣得意，不会停步不前。

承载文章韵与格、声与色的，无论何时，首先是能写得明白。古人说"白受采"，好比素白的绢帛才易染上色彩，就文章来说，白，指行文条达通畅，清楚明白，不假装饰。

能"白"，最基本，最重要，其实也最不容易，说的是心手相应。心有所思、所想、所感，甚至只是漂浮不定的些微意绪、一掠而过的灵光，都能精准地捕捉到并表达出来。

还未能"白"时，最好不要奢谈文采，因底子都不牢靠。

凡学习，都该"取法乎上"，无论何种领域，从最经典里学习，从老师的老师处学习，从自己能涉猎到的最顶端去学习，这叫取法乎上。

以中文作文,也要取法乎上,读我们古人文章,寻到这门语言最上乘、最精到的文本,去读,去看,去参悟。

文如水流山立

文章能够清顺通畅,然后始可求顿挫。如学书,先能平正,后才谈得上追险绝。

孙过庭《书谱》中言:"导之则泉注,顿之则山安。"一篇文章也是,大篇幅流利,如水流;关节处顿挫,如山立。如此,文中便有山河。

读归震川《项脊轩志》,末尾一句最令人感慨:

> 庭有枇杷树,吾妻死之年所手植也,今已亭亭如盖矣。

前面整篇如水流,至此句顿挫,忽然满嘴苦涩。行文若无顿挫,则所得感觉随水流走,停不在心上,就无韵味。

写作,为散怀抱

再有,《张岱诗文集》中人们熟悉的一篇《自为墓志铭》,第一段:

> 蜀人张岱,陶庵其号也。少为纨绔子弟,极爱繁华,好精舍,好美婢,好娈童,好鲜衣,好美食,好骏马,好华灯,好烟火,好梨园,好鼓吹,好古董,好花鸟,兼以茶淫橘虐,书蠹诗魔,劳碌半生,皆成梦幻。年至五十,国破家亡,避迹山居,所存者破床碎几,折鼎病琴,与残书数帙,缺砚一方而已。布衣蔬莨,常至断炊。回首二十年前,真如隔世。

前面导之如泉注,至"劳碌半生,皆成梦幻",与"回首二十年前,真如隔世",顿之如山安。读之,情感随水流而下,猝然遇阻,情绪滞在山根,心境随之转换,再往下读"七不可解",就觉字字无奈、悲切。

行文能"白",会顿挫,写得出声色、情感,大概就算上路了。不同于书画或其他艺术门类,写作这门功夫,门槛低,但一般门槛低的事,进阶也难,就很公平。

文质并重

再进一步,深入精微,会注意到文章的构成,有意、思、言。

意,依靠写作者的艺术修养。思,要有视野和创见。言,须下功夫打磨过,同时依赖对文字的审美。其实到这一步,功夫大部分都在文章之外了。

这个"文章之外"的修炼,讲究文质并重。

孔子最早提出文与质的概念:"质胜文则野,文胜质则史。文质彬彬,然后君子。"[6]最初虽言的是人,后来发展为中国文论的基本术语。从刘勰《文心雕龙》,到韩愈、柳宗元、欧阳修、苏轼,都对文与质的关系有过精辟的论述。

今人论文,自有一套术语,譬如对应文与质,一般会说就是内容与形式,一下子变得干巴巴,总不如前者精到又模糊,给不同的文论家留有无限的解读空间,甚至每个普通的写作者都可以有独属于自己的解读。

写作,为散怀抱

于我,质,是一个人走过的路、做过的事,是他的生活和在生活中打磨出的品性。文,是审美与修养的溢出。当然,写作时并不会带着文与质的概念,两者于无形中自然流淌进文章。

如禅宗最忌"知",而要"悟",因知是旁观的,悟是亲身体验的。文与质,都不是"知",是体验,同时参悟。对自己,我最珍视的一点,是所有感受、体验都来自放手去做过,而不是空口说漂亮话。

时不时重读顾随先生的教导:

> 青年不可心浮气粗,要心思周密,而心胸要开阔。着眼高,故开阔;着手低,故周密。对生活不钻进去,细处不到;不跳出来,大处不到。[7]

钻进去生活,跳出来写作,一日日如此度过。

生活中亲力亲为,临到写文章,"质"最重要在于——正心、诚意。正者不俗,诚者不伪。以不俗不伪的心性写作,文章差不到哪里去。

然而正心诚意有多难啊!常常连我们自己也会被自己欺骗,或许不停止地探察自心,是接近正心诚意的唯一道路。这是一种艺术,需要苦心经营。

伍尔夫写蒙田:"在各国文学史上,有几个人是因为写了自己而获得成功的呢?大概也只有蒙田、佩普斯和卢梭那么几个人吧……不过,能兴之所至地讲述自己,能把自己灵魂中的不安、骚乱乃至缺陷,不管什么都和盘托出的人只有一个——那就是蒙田。"[8]

而何以写了一生,围绕自己展开的单调生活竟还没写尽,蒙田自己说:"我越是探察自己,就越了解自己,越了解自己,就越是发现灵魂有更多隐秘,便越是觉得并不了解自己。"[9]

确实,我写得越多,便笺上记下要写的就越多,手速总也跟不上条目,而写完划去一条的时间又总是漫长,果然越深入海底,海就越深。

探察自心,以能无限接近正心诚意,有多重要:不知自心,如何能知人心?写作,说到底,不就是写人心吗?对人心无探察的兴趣,对生活不能做精密观察,对天地间的声、色无亲密感,则不太能作文。

从民国翻一个身

古人作文,要从六朝翻个身,今天我们以中文作文,我以为,要从民国翻一个身。

年少作文,我学杨绛先生最多,因其文素白,中性,感情内敛,又不过分理智。那句"我一个人思念我们仨",如苏轼"十年生死两茫茫",又如白居易"上穷碧落下黄泉,两处茫茫皆不见"。空荡荡无着落处,是沉疴旧疾遇冷天隐隐作痛,痛得无解。

梁实秋的起笔好,他自己也重视起笔,写:"起笔最要紧,要来得挺拔而突兀,或是非常爽朗,总之要引人入胜,不同凡响。"

我曾罗列过他文章的起笔,如:

我有一位沉默寡言的朋友。有一回他来看我……

从前看人作序，或是题画，或是写匾，在署名的时候往往特别注明"时年七十有二""时年八十有五"或是"时年九十有三"，我就肃然起敬。

古今中外没有一个不骂人的人……

寂寞是一种清福。我在小小的书斋里，焚起一炉香……

我们中国人是最怕旅行的一个民族。

信佛的人往往要出家。出家所为何来？据说是为了一大事因缘，那就是要"了生死"。

写作，为散怀抱

确实挺拔而突兀,或是爽朗。

胡兰成的文章,妖妍,絮叨,美,如极香的花朵。沈从文,如毛竹,莽莽苍苍,力在土中,乍亲近闻不到香气,却听得到风过时的簌簌声响。胡适条达通畅,逻辑森然,不像植物长出来,像石块堆在心里。

我的写作练习,在民国诸家身上,花的时间最多。他们从传统学养中出来,又有学贯中西后的强大理智,最难得,每个人有每个人的面貌。

共性是,都流淌着一股凝定与宁静之气,感知敏锐,情感还热烈。天降乱离,却能心思渊静,守道不失;今天太平年代,文章反而多叫嚣,叫嚣半天,仍面目模糊。

后来看到舒国治,喜欢他文字的古意,狠狠学了一段那种文风,如今痕迹褪去,其实都化在笔下。附上一段十年前的模仿练习:

三清山游记

三清山全貌，只得悠远二字。悠，自有江南山水的清丽、幽静，攀爬其中，屡屡于死角处忽见灿灿一片美景，所有至佳景致，无不隐藏于林间、于山势凹拐处、于幽寂之尽头。远，除却石峰之间的坦荡荡一片，还在气韵之长。

三清山的幽，满足了大巴组团游客之好，扎堆在每个卖零嘴的休息站前，埋首于密密麻麻的人潮中，无须沾染山之孤绝。我想此类游客，必定在都市丛林中毒至深，即使逃离也不敢走远，偶尔误入寂静深处，难免蒸腾起难忍孤独之尿急感，必欲张口呼喊同伴。待聚首，心顿安，转而应景赞叹一番山中的鸟鸣。

对我类喜独之人，三清山竟也给了全然满足。只需拣条地图上所标景点最少、大多游客不屑之道，放身其上。山腰栈道上，转过半个弯，身后人流遂隐去，俗世嘈杂之音迅即被山挡去七八，山坳间一股劲风袭面，三清山怡人之悠退去，扑面而来壮阔之远。一时间，任你是澎湃之心也好，激荡之情也罢，都在此天地气韵贯穿一体时舒展开来。

得了此番好处，我之脚步再无法因循同行之人，追着山的节奏，在人密时疾、人寂时缓。胸前相机一并忘去，孤立于此天地间，看大树如盖、栈道无垠，心自寒寂而诗意翻滚，实在不作兴弄出一番撩人模样。况且此种大开大合之景，将人硬生生塞至其间，常落得人不人、景不景，只长有一副嘴脸，任相衬之景再异，也仍旧那一副，岂能同山争艳，回去难免一番望洋兴叹。

二〇一一年四月二十六日

如今回看，真是十分笨拙幼稚，但得感谢那个认真的自己。

法度与自由

今天我们更爱谈自由,谈天性,而较少谈法度。但任何艺术门类,在体会到自由表达之前,都须先兢兢业业于一种自持的规矩。

好比人们爱说"你的心会指引你走向哪里",说的是经过驯服的心,至少是正在降伏的心,但我们大多时候拥有的是妄心。

同样,"一个人有才而无学,只有先天性灵,而无后天修养,往往成为贫"。[10]

"贫"这一字,我体会很久。它是《反脆弱》中的"无冗余",是才到用时捉襟见肘,也是村上春树写的:

> 无论在何处,才华于质于量,都是主人难以驾驭的天分。才华这东西,跟我们的一厢情愿毫不相干,它想喷发的时候便自管喷涌而出,想喷多少就喷多少,而一旦枯竭,则万事皆休。[11]

因此，贫者，无自由。

法度与自由的关系，顾随总结："只觉勉强，不得自然，是功夫不到；只有自然，没有勉强，不是天才就是不长进；由勉强得自然，是大自在。"[12]

我想，有幸从事、深入某一领域，若因为不长进，而任可能的天分白白溜走，或将其随意挥霍，此真是人生一大憾事。

我如今时而能尝到一点"散怀抱"的率性滋味，皆要归功于曾经认认真真揣摩法度的自己。

写作，为散怀抱，然须以法度得自由。

注：

1. 顾城：《生活》，《顾城哲思录》，重庆出版社，2012年，第115页。

2. 顾随：《文话（上）》，《中国古典文心》，北京大学出版社，2014年，第286页。

3. 顾随：《曹丕（子桓）〈与吴质书〉》，《中国古典文心》，北京大学出版社，2014年，第196页。

4. 史铁生：《病隙碎笔》，湖南文艺出版社，2013年，第61页。

5. 顾随：《曹丕（子桓）〈与朝歌令吴质书〉》，《中国古典文心》，北京大学出版社，2014年，第185页。

6. 朱熹：《论语集注卷三·雍也第六》，《四书章句集注》，中华书局，2016年，第89页。

7. 顾随：《文话（中）》，《中国古典文心》，北京大学出版社，2014年，第291页。

8. 弗吉尼亚·伍尔夫：《读〈蒙田随笔〉》，《伍尔夫读书随笔》，刘文荣译，文汇出版社，2014年，第95页。

9. 弗吉尼亚·伍尔夫：《读〈蒙田随笔〉》，《伍尔夫读书随笔》，刘文荣译，文汇出版社，2014年，第107页。

10. 顾随：《文话（中）》，《中国古典文心》，北京大学出版社，2014年，第289页。

11. 村上春树：《当我谈跑步时，我谈些什么》，施小炜译，南海出版社，2010年，第85页。

12. 顾随：《李康（萧远）〈运命论〉》，《中国古典文心》，北京大学出版社，2014年，第249页。

写作，为散怀抱

之二：惜今

10
容许阳光打在脸上，也容许阴影中的死寂

1

北京过来的老友在侧，正对着厨房窗外那棵开花的冬樱花树，感叹多么好看。我与窗外景致日日相对，见怪不怪，听她那么夸张，忍不住抬眼好好瞧了会儿。

樱花树叶子油亮嫩绿，粉色碎花一簇簇挂在枝头。樱花树往后些，是一排花开得正盛的玉兰树，灰色树枝上开满了淡粉色和淡黄色的玉兰花；后面几排绿竹衬托着，显得莽莽森森；纵目穿过这一片密林，稍往上些，是雪落白了头的

苍山。

想起女儿有天在窗前看到苍山雪,顺势又给自己改了名:

"妈妈,我大名叫雪花飘落,小名叫雪花飘飘——"

"呃,好吧,飘飘小姐。"

"啊,不对妈妈,是雪花飘飘小姐。"

两人就这么盯了一会儿,数到四只松鼠,唰唰唰地在竹林中穿梭。隔壁家唤作"二百"的花猫,正卧在我头顶的玻璃顶上,眯着眼见怪不怪地盯着欢腾的松鼠。我抬头唤它,它低头冲我们妩媚一叫,继续眯眼享受。

餐桌上插了一把跳舞兰,鹅黄色一枝枝蓬蓬错落,早上下楼第一眼被它吸引,没来由的喜悦在心里炸开。

女儿开始要求为她的阁楼插花,如同现阶段她迷恋红色、粉色、紫色的公主裙,对花草,只爱红玫瑰。没有玫瑰,换其他花好不好?那么颜色一定要热烈到夸张,饱和度极高的橙色,和极其艳丽的桃红。

她的画,爱用大红色、桃红色、橙色,一张纸上热烈的快乐几乎要溢出来,当她第一次听说暖色和冷色的分别时,

容许阳光打在脸上,也容许阴影中的死寂

却坚定地告诉我:"我只喜欢热色!"

例外的是高饱和度的绿色,她用来画树冠,画夜空,画大海,说:"绿色也是热色,绿色是夏天,夏天很热。"颇有几分歪理。

2

人有自然属性和社会属性。我大概是那种自然属性占据压倒性优势的人,依赖自然里的一切,山林草木,晨曦田野,小溪里潺潺的水流,高山上阵阵的松涛,都能给我极丰沛的能量,油然而生一种莫名的兴奋。

若把我丢在熙熙攘攘的人群中,我总会被一种完成任务的临时感笼罩,即便头面光鲜衣袂飘香,心中也总存着一堆堆的疑问。回到自然中,并非这些疑问被解决了,而是疑问不存在了。

以前,我很羡慕那些社会属性占上风的人,他们能连续约见许多拨人,在一场场的社交聚会中获得满足,将能量补够，不太依赖特别的独处或投身自然来恢复。

自然属性强烈的另一个反应，是身心过于敏感地接收到时节的影响。每年春天四五月，我总处在一种被雄心壮志统治的兴奋中，想要开拓与创造。而一进十一月，就会迎来持续几周的沮丧消沉。

记得以前住在北京时，春天小区里连翘、桃花、玉兰、海棠相继盛放，园丁每日一早扛着水管一株株细细浇灌。闻到青草混着湿润泥土的味道，我心里开始不安分起来，萌发出一种想要好好整理一下生活，或干脆让生活的某些部分重新开始的欲望。比如重新装修房子，工作上展开新项目，或者新学一套什么课程或技能。类似职场人士的年终总结与来年计划，只不过我常延至春天万物醒觉时进行。如果哪个春天什么也没做，就会陷入一种彷徨又不甚清晰的惆怅。

然而，近两三年，这种独属于春天的惆怅，不常出现了。大概由于，身后不远就是自然，而每日里也愈多独处的时光。如此，对于久长的人生路，更明晰了，而对于每年怎么过，抱有一种不疾不徐的期待。

容许阳光打在脸上，也容许阴影中的死寂

这样一种心安于此段人生的感觉,是很多年里所希求的。

3

一年的最后几天,某个深夜,机缘之下,听一位刚认识的朋友,静静说自己的人生:

我六岁那年,亲生父亲被谋杀。

我爷爷要赔偿,我妈要一命抵一命,两边相持不下,从此形同仇人。

我妈倾家荡产打官司,终于如愿,是我至今见过最刚烈的女人。

我和姐姐跟着我妈背井离乡,到新疆重新生活,我妈嫁了人,我们有了继父。

我们一贫如洗,继父和妈妈卖菜为生,我和姐姐在隆冬天,沿着铁道线捡垃圾、碎煤块,捡到人家从车窗扔出的半块饼干,会让我欣喜若狂。

生活艰辛,孩子成了出气筒,我姐挨打,我去挡;我妹挨打,我去挡;后来就总是我跪着,挨打。胳膊上一条条的青紫血痕。

十六岁那年,我对这个世界感到绝望,我吞下一百片安眠药,我想跟这个世界绝交。

我被救了回来,然后我离开了家。

我来到北京,进入某圈,老板想包养我,我不从,于是我被雪藏,干很多活却没有报酬,那些年的苦,不多说了。

我都快要忘记我经历过什么,终于混出人样,在那个圈里,我成了跟国际接轨的一线。

我在北京买了三套房,我买品质最好的东西给我自己,我供养我爸妈、我姐妹、我姐妹的孩子。

我继父癌症,我姐姐的孩子换肾,我卖了房子救他们,继父没救回来,我外甥救回来了。

我妹妹离婚了,我把她和孩子,还有我妈都接过来。但我不知道怎么跟家人相处和一起生活。

我本能地想在阳光热烈的地方生活,我经常一整天一整天地看洱海,我很孤独,又十分满足,偶尔感到以前不敢奢望的平静。

他的叙述波澜不惊,他不停地给我卷着纸烟,他絮絮说着这上好的烟丝是哪里来的。

我接过他一根接一根递来的烟卷,他周身弥漫的铺天盖地的孤独感,是深灰色,随时要把我卷进去。

第一次看到一个男人有鹿一样的眼睛,机警、敏感、徨徨不安,努力周全一切,却又冷眼旁观。

天地不仁,以万物为刍狗,天地又有仁慈,"仁慈在于,只要你往前走,他总是给路"。莫名想起这么一句,说给他听。看着他陷入长长的沉默。

不知从哪年开始,不再设年度目标,不再做计划,我沉迷生活中无常的部分,无论惊喜还是惊吓,它们带来唏嘘,也带来神启。容许阳光打在脸上,也容许阴影中的死寂。不变的,是对人生本就如此的臣服。

11
虚室生白，吉祥止止

1

年根将近，大扫除提上日程。从腊月十几日开始约阿姨，得到的回复无一例外：不好意思，腊月二十七之前都约满啦！

且记得北方旧俗有"正月里不做扫除"之说，理由是"正月里打扫，一年辛苦"，如今这理由自不足虑，因为摆明了无论你遵守什么老讲究，都无法保你一年不辛劳。

然而我热爱大扫除，顺理成章遵从旧俗，今年就只能靠自己了。

不知什么莫名其妙的心思作祟,我竟有些窃喜。要说我就爱做家务吧,总显得贱兮兮的,我们又不在日本,做家务的意义还远没上升到生活美学的层面。

这一天来临,一早起来,穿上工作服,分好各自负责的领地,操起各种清洁剂、抹布、刷子、吸尘器、拖把,一道程序接着下一道程序,与玻璃上的水渍、浴室里的水垢、藏于犄角旮旯处的灰尘,一一奋战。

深深觉得做家务这件事,对于大多数人来说,独乐乐不如众乐乐。

一人蓬头垢面弯腰伏背,总显得凄苦;一家人一齐上手,放着喜欢的音乐,时不时哼唱几句,隔了几堵墙的另一头,有人应和几嗓子,这就凭空生出了热爱生活的意思。

干活类似运动,驱使身体,动用手脚,享受到由此分泌出的兴奋。

持续四五个小时后,打扫告一段落,冲个澡,坐下泡壶茶,讲究的再燃上一支香,看着美美的家,窗外射进来的光束中,不见灰尘飞舞，体会那种尘埃落定后，身心与环境都清净的祥和感，是生活里极愉悦的滋味。

寺庙里的僧人，凌晨即起，早课之后，开始打扫，跪伏于地，用抹布一遍遍擦洗。日日重复进行，想来其作用绝不仅仅止于保持屋舍干净。

我跟不少朋友试图分享这种滋味，能聊到一起的知音寥寥："想起一大堆家务活就头疼，能有什么愉悦感啊。"

生活中大部分好滋味，并不纯粹由众人皆知的美好部分产出，而是来自某种我说不清楚的"转化"，犹如点石成金的炼金术，将平庸烦愁、不得不为的诸多事项，转化成可品尝的滋味。

2

小时候过年前，有个惯例，即"二十三扫一扫"。那时住在父母单位分的几间平房里，腊月二十三，家家户户都要把房子内部所有墙面重新粉刷一遍。

在我的记忆中,那真是极难熬又极有滋味的一天。难熬在于,粉刷那天需要起个大早,帮大人把屋里的零碎家具搬出,置于门外的冰天雪地里。

屋里剩余的家具,须搬离墙面,聚集在一屋中间,用报纸仔细覆盖好,避免涂料滴到上面。

然后,那一整天,就呈现一种兵荒马乱的景象。

左邻右舍都在同一天粉刷,于是家家门前都是一片混乱,屋里的人,坐在高高的人字梯上,戴着一顶用报纸卷成的帽子,一手拎着一只盛涂料的小桶,一手挥舞刷子。

一道道白色,盖住旧墙面的污黄,有被生火炉子熏出来的烟渍,有小孩子乱写乱画的字迹,是这一年,这一家人,在这处房子里生活过的所有痕迹。

我从小受不了混乱,那一天的难熬就来自于此,家不成家,院不成院,屋里屋外一样冷,坐没法坐,站不愿站,总之,就是寻不着一处能让自己舒服待着的旮旯儿。

印象中,院子里的孩子们成群结伙走家串户地玩儿啊,兴高采烈，而我，总是一副——拿着本书四处找寻能安坐下来看会儿书的角落——那种孤僻小孩的模样。

幸好房间不多，通常到半下午，粉刷的活就干完了，然后刷地，擦洗家具，一件件归位，日落上灯，生火煮饭。

一切安顿停当，就到睡觉的时候。屋外重新钻入寂静的寒冷与黑暗中，屋里火炕烧得热烘烘，我们钻进被窝，看看四周崭新的墙，一尘不染的地，闻到一种只有在春天才能闻到的湿润泥土的味道（那时的涂料成分天然简单，因而也不持久），心里缓缓流过一种莫名的愉悦滋味，憧憬着明天就要开始的又一年。

3

若是我不曾工作，我想我会是个还不错的家庭主妇。虽然当今来看，家庭主妇这个词并不算褒义，一提起，总与独立女性背道而驰。

虚室生白，吉祥止止

我自小就被教养说，女性更要独立自强，做出一番成就，不枉过这一辈子。但无奈，做家事的才能，却是我最引以为乐却又很难用以傲人的一项才能。

诸如装修布置、整理收纳、扫尘除污、洗衣刷碗等几乎所有家事，于我都不是累赘和任务，而是潜藏着美好生活的滋味。

自离家后，在北京、上海生活过的这二十年，除了女儿出生后那一年半，家里请过一位阿姨专事家务和煮饭外，我几乎再没请过哪怕每周的钟点工阿姨。

这话并无丝毫炫耀之意，因我从未觉得有值得示人之处，尤其当下还有一种颇为深入人心的言论，一"名"以蔽之，"时间商"——同样一小时，你用来做家务，没有任何效能，如果用来充电、学习和工作，则会产出更多价值。

这种言论会督促你大刀阔斧地将一切无价值的事务外包。我想，我们这几代人的生活滋味，就是在这样流行的价值判定和外包服务的风靡中，一点点消失殆尽。我们摒弃了烦累琐碎，也一并抛弃了生活。

然后才有，在大都市中梦想乡间生活的流行风气。

4

来大理后，自由时间更多，我更加勤于也乐于打扫规整，来过我家的人，稍微相熟一点，必定惊呼：你们家人是不是都有洁癖？

没想过这档事，也不知道洁癖的病理性原因是什么，总之，打扫和洁净让我感到舒适、愉悦，其中最幽微之处，包含着一种幸福感。

明代董其昌言："'虚室生白，吉祥止止。'予最爱斯语。凡人居处，洁净无尘溷，则神明来宅。扫地焚香，萧然清远，即妄心亦自消磨。古人于散乱时，且整顿书几，故自有意。"对此我深以为然。

每日早上，送走女儿后，照理说我该立马坐到书桌前，开始勤奋笔耕，可我总是需要一系列琐碎程序的铺垫。

地板吸尘，将昨晚换下的脏衣服清洗，把没有归位的物件一一摆弄好，给鲜花换水，给菩萨上香，站一会儿桩，放一点音乐，坐在屋中凝神感受一会儿那种不可言说的美好气氛，乃至感到整间屋子里微小的物件都鲜活起来，此时的我能量充沛，无比舒畅。

如若哪一天起晚了，女儿磨蹭迟到了，来不及进行这些程序，那么当我坐下奋笔疾书时，也有一种未完成感。

像是门外有人细细催促，或者在默默等待，桌子呀，椅子呀，植物呀，鲜花呀，都在默默等待，那沉默中自有一种牵连，让我心神不宁。

我索性把这程序当作每日晨课，安慰自己，"每一把剃刀都自有其哲学"。也因此，我摸索出最适合自家居住习惯的舒适极简风，一间客厅，只摆放书架、一只单人沙发、一只阅读灯、一个矮茶桌、一只懒人沙发，四壁大片留白。

没有一件使用频率低的东西，每日和每一件都能有连接。我的能量有限，再多些家什，无法频繁顾及，就成了空间中的一处盲点。

做家务，没什么价值和意义，却让我的生活变得具体，也一天天变得简单。

生活是什么？有人说就是柴米油盐，有人说是诗酒花茶，于我，生活是生机与活力的生发之地。"好的生活"，能使人领略生机，使平淡日子拥有活力。

为了这点生机与活力，你我一径忙碌着、追求着，可更多人却在与生活几步之遥的地方，迂回着。那触手可及的简单生活，却未必见得着太多正在享用的人。

虚室生白，吉祥止止

12
在月光下坐一会儿

1

一早,无意中看到疗愈师孟想八年前写下的一段文字:

在月光下坐了一会儿,心里很平安。生命待我不薄,我也知道自己的努力。没有特别幸运,也从未被亏待,前面的路更美或许也更难,但我已做好准备,给出一切,来成为我自己。

百感交集，一股能量冲进心里，在咖啡馆矫情地热泪盈眶。托尔斯泰说，感动是最廉价的情绪。我因此时常觉得自己太浅薄。

可转念又窃笑，说这话的这位大师，一生总是在听音乐的时候掉泪，总是在听到、读到、谈到感动他的东西时当众落泪。他的朋友蒲宁说，音乐在托尔斯泰身上唤起的情绪，随时可以从他激动的表情中看出来。总之，我拥有极多这种廉价的情绪。一看到幸福就感动，一看到不幸就同情心泛滥。也如托翁总结："在我小的时候，我极力装得像个大人，当我不再是孩子的时候，我又希望像个孩子。"

我们名叫"如花在野"的咖啡馆，成了全家人释放廉价情绪的所在。

每天一到中午，写作时间结束，我就迫不及待地想跑去咖啡馆待着。这幢三层小楼全朝南向，阳光能照遍全部空间。音乐、鲜花、阳光、书籍、咖啡的香气，温暖洁净，一进来就觉得心里亮堂堂的。

常常和客人聊天，从陌生到熟悉。

托尔斯泰洞彻人心,发现"人们总是习惯用一种特性去评价一个人,比如说善良、聪明、热情、冷漠,但是人哪能是一成不变的呢?就像是一条河流,有舒缓的时候,也有湍急的时候;有清澈的部分,也有污浊的部分;有的地方冰凉,有的地方温暖"。

记得两年前,咖啡馆开业前,我们一家子生手,坐在暖融融的阳光里,表面平静,内心七上八下无着无落地悬着,于是互相安慰、打气。"别有太大压力,反正咱们把十年的租金都付过了,有的是时间,慢慢做,好好地做。"

我想象着,未来进进出出的人们,像一条条河;我心里祈祷,当河流流经这个空间时,是舒缓的、清澈的、温暖的部分。

两年过去,心愿已然成真。

不得不说,我这人有个很严重的毛病,什么东西一旦变成我的,就会挑出百般好,越看越顺眼,极少羡慕别人。我不知道这是否源自一种傲慢心?或是沉溺于一种幻象?总之隐隐觉得并不符合我所信仰的佛法的教诲。

小时候分到一个玩具,长大些分到一间卧室,上大学分床铺、分舍友,我看人家总是能挑出毛病,然后奋力争取更好的,我却常常是:哦,这是我的了啊,好啊。不多久,我就会喜滋滋地看着它,觉得它是最好的了。

这十几年看待先生,再到看待孩子,这毛病一以贯之,都是由衷觉得,我拥有的不能再好了。

对女儿的日常话语,几乎每天重复出现这几句:

你是世界上最美的宝贝!我最最最喜欢你了!我怎么那么喜欢看着你啊!你怎么就成了我的孩子,真神奇啊!

"啊,啊,啊"的话,说太多了,我就会"暗搓搓"地想起育儿书上说的,这会不会属于过度赞扬?好吧,要收敛一些!可不用多久,还是这么大惊小怪地夸赞她,自觉没救了。

对我家先生,赞扬好歹能含蓄一些:

我怎么觉得就看你最顺眼呢?

如果咱俩没在一起,我估计要一辈子单身了,唉!

好像从来说不出"你看谁家老公多好",就连想象一下说出这个句式,都觉得难为情。就"敝帚自珍"这一点,我觉得自己很擅长。

当思考这个问题,观察之下才发现,不止我,我们家每个人都是一副不可救药的自恋模样——我自己的就很好啊!

2

爱屋及乌,咖啡馆里每个客人,我都常有"人生难得一场相逢"这样酸不拉几的感慨。

你看她,总坐角落的小方桌,看会书,在笔记本上写点什么,偶尔盯着桌上的花,沉静思考的模样,专注一个下午。

你看他,很厉害的咖啡专家,经常义务指导一下吧台内的咖啡师,也会跟我掏心掏肺地讲:"大部分社区咖啡馆都活不过两年,开不下去最主要的两个原因,一是功能性,二是距离感。还有啊,对客人来说,有基本性需求——满意性需求——惊喜性需求,次序不能颠倒了。"

刚结束一本正经的传道授业，一秒恢复嬉皮笑脸，起身说拜拜，我要去健身了，出门一秒钟又探头进来，说"帮我从卡上刷掉五杯咖啡"，自己先笑了。我们围坐吧台的人都笑他："五杯咖啡？你牛饮啊！"

还有对声音颇有研究的客人，在咖啡馆窝了几日后，忽然坐我旁边说："你知道吗，店里的声音控制不够专业，你有没有觉得坐在某些位置上，感觉尤其吵，那是因为说话声传到硬质的玻璃、墙面上，又乱七八糟地弹回来，如果换些布艺的东西，就会明显改善。"从没研究过这种课题，我眼放亮光，拉住他说："我第一次听说这个，你快说说，还有什么？"

还有"隔壁老王"，喜欢坐在吧台的角落，时常闭着眼，思考人生的模样。有天聊起哲学，他冷不丁幽幽飘出一句，我和尼采、叔本华是一挂的。配合着眼神虚无、凝视远方，十分入戏。

相比过去由职业身份划定的朋友圈，如今遇到的人，在多元化上让我大开眼界。只是知道世上每个人都有过波澜壮阔的生命历程，每一桩小事都有很深的门道，光这一条就够人感到敬畏的了。

因此我认识到，所谓见识，不在住过多少华屋广厦，不在行遍多少绿水青山，也不在尝过多少珍馐美味，而在于，钻进去多少人心里的深度，体察到多少生活方式的迥异，了悟过多少小事所蕴含的宽广。

见识，带来谦卑、敬畏和辽阔的内心，而不是谈资、炫耀和沉迷于一己辛酸。登高方知天地阔，凌空始信海浪平。

一位日本老先生，常客了，总点一杯美式咖啡，小小的个子，半白的头发，临走要么塞给我一把糖果，说"日本的黑糖，你尝尝"，要么留给我们一包好吃的饼干。

时不时会有客人送些泡水喝的材料来，说搁家里自己也喝不完，拿来给其他客人一起分享。

负责看店的我妹说，怎么我每天看到客人就想笑啊，原来开咖啡馆是这么幸福的。我装作冷冷地回她：某某说了，社区咖啡馆通常活不过两年，最大障碍是距离感，拜托你不要笑得太花痴了。其实我心里特别嘚瑟。

如花在野

我看着咖啡馆进进出出的人们，思考人生这一场场相逢。是纯粹的偶然吗？佛法讲因果不虚，说一切偶然皆是必然。

我觉得或许他们有一种共同的气质，又如托尔斯泰说："如果说我身上有什么好的东西，那就是一颗敏感而又能够爱的善良的心。"我在许多客人那里，感受过这样的一颗心。

叔本华揭示了痛苦的本质，而另一位哲学家中的异类，伊壁鸠鲁，当他的同行们纷纷表现得厌恶享乐、孤僻自律时，他却认为人生以追求快乐为目的。

通过理性的阐释，他得出快乐人生五个要素：

1. 有住所；

2. 有良朋益友；

3. 避免有上级、受恩惠、钩心斗角；

4. 必须有思想；

5. 最好有信仰。

一言以蔽之，何以解忧？"摒弃世俗的奢华，远离发号施令的上级，布衣简食，良朋为伴，林下泉边，优哉游哉！"

这就多少可以解释，为何我常感知足，为何遇到的这些人常感快乐,为何在这样一间普通的咖啡馆,我们常感幸福。

只要你想,随时都能在阳光下、月光下坐一会儿,体会心里的平安。"生命待我不薄,我也知道自己的努力。没有特别幸运,也从未被亏待。我已做好准备,给出一切,来成为我自己。"如此自勉,蔚为知足。

13
不知哪一眼，就成了最后一眼

上一次见到他，我艰难地回想后，确定是在二〇一九年十二月的某一天。

他坐在咖啡馆那张固定的椅子里。

他每次都坐那里，两面墙围合的角落，一张四人桌。深灰色的夹克上衣，拉链没有拉合。

我坐在那张椅子体验过，有安全感，还能留意到所有进进出出的人。

他向来只点一杯热美式。

他兜里总装着糖。

他总是一个人,脸上没有落寞,也没有欢喜。

每次来喝咖啡,都会顺便工作,待半个下午。天色由热烈转为暗淡时,他起身离开。

我恰好见过的每一次,他都会把桌面拾掇干净,把空咖啡杯送至吧台。

偶尔几次,是我接过,杯底一小圈褐色水渍,我喜欢多看一眼,像看一杯饮尽的土耳其咖啡,杯底留下的渍迹,被用来占卜命运。

他总是送我们糖果,每次几颗,糖纸上是密密的日文。

听说他和曾在大理种地的六比较熟,也是,在大理常住的日本人,硬数也数得过来。

记忆里掏了半天,只想起这么多。

哦对,他叫酒井先生。

就有一次,他出门下台阶,缓缓往坡上走。那身影,一时让我想到,以后有一天我住在异国他乡的某个小镇,每天的光阴大概也这么过。最好住处附近就有咖啡馆,在咖啡馆里最好能晒到太阳,慢慢地喝一杯,看会儿书写点东西,黄昏的时候离开。

这种桥段,我能构思好久。等半夜了默默写进小说,永远不想发表的那种。

回过神,出门往坡上看,他的身影已经变成模糊的小点。

二〇二〇年一月底,全国都在隔离的时候,有一天,咖啡馆另一位常驻朋友在微信上问,谁能联系上酒井先生?

他俩同住一个小区,朋友说,散步时碰到过他两次,都没戴口罩,想着是不是一个外国老人买不到口罩,想着联系上了,给他送去几个。

平常在咖啡馆,我妹常用日语跟他简单聊几句。她给他发微信,过去好久,也没收到回音。

辗转联系上一个日文群,是他在大理免费教日语的微信群,才知道群友也找了他好久。直到有一个人从领事馆得到消息。

十二月的不知哪一天,他在家中离世,糖尿病并发症,离开时一个人。

领事馆联系他在日本的亲戚,无妻小,无亲友,后来好歹找到一个妹妹,飞来大理料理了后事。

兜里总揣着糖的酒井先生,患糖尿病很多年。想起一位医生说,糖尿病的心理成因,是长久地感受不到幸福。

他的一生,在我心里变成宣纸上大面积的留白,仅有的一点线索,犹如纸上远山的轮廓,寥寥几笔,却为留白赋予了许多信息。

又像在东野圭吾的小说里,一个人带着全部秘密消失,留下的丁点线索,有心人勾画出一个意想不到的世界。

然而终究不在小说里,无论一生曾波澜壮阔,还是平淡无奇,都不会有人去一点点拼凑全貌了。

他给咖啡馆的客人们,留下了一半叹息,一半惊惧——十二月去世,那朋友于一月散步时,清清楚楚见到的那个人,又是谁?

大理的十二月,他住的那个小区,玉兰花开得极繁盛,干干净净的枝条上,一簇簇大朵大朵的花,从淡灰色树皮,到粉紫、嫩黄的花瓣,不经一片绿色过渡,像是把一大杯春天,直接倾倒进冬天。

他离开那天，不知有没有再看一眼窗外的玉兰花，不知有没有打算像往常一样，下午出门，去喝一杯咖啡，也不知那一天，他有没有剥开糖纸，再细细品尝一次熟悉的甜。

这样的画面，连着几天在我脑中演来演去，无法停止。

谈不上悲伤，连唏嘘也所剩无几，好像只余我最熟悉的那种，漫山遍野的空寂。

不知从哪一年开始，每年总要收到几则死亡的消息，亲戚、友人。你不知道哪一眼，就是同他的最后一眼。

又觉得这或许是自然的仁慈之处，听惯、见惯，等有一天，临之泰然。

死亡像樱花凋谢时，纷纷扬扬，盘旋落下的一片花瓣，风和阳光对此习以为常。

14
人在旅途,隔岸观雾

1

她戴着耳机,裹在一块好看的雾蓝色羊绒披肩里,倚进靠窗的座位,视线调在窗外快速移动的某一处,有时是楼宇,有时是田地。这样一种静止的姿态,维持了快一个小时。

我坐在她对面,从上海往北京的高铁,两排座位相对着,四个乘客构成一个独立而微妙的空间。

眼睛不得不时而扫过对面的人,再"不经意地"调向窗外。

她被一种浓烈的情绪隔绝在无形的罩子里,让周围一切恍若无物,即便我的邻座男士不停地接打电话,她的邻座打着瞌睡,头不时点一下,几次欲晃到她肩上。

她甚至不会扭回头看一眼,只是微微往另一侧缩一缩,继续无焦点地注视着窗外。

相比其他城市,上海北京之间的高铁,大概是全中国最安静的,乘客普遍更年轻,穿着整齐,带着笔记本电脑,估计一下高铁就要奔进公司的那种。

我开始好奇,面前的她,在听什么音乐,在想什么,以至面上呈现出这么一种沉静肃穆。

我眼睛盯着手中的书页,只微微抬眼,就正好对上她雾蓝色的披肩。

又一会儿,有水珠滴到她胸前的披肩上,雾蓝变成一小滴深蓝,继而又有更多的深蓝。

我"不经意"地将视线调高,瞥见她泪流满面的脸,我迅速移开目光,余光中她用手极快地抹了两下脸,继续无声地悲伤着。

大概是眼泪抹也抹不完,她低头打开包翻找什么,八成是找纸巾。那是一只姜黄色的小皮包,皮质上乘,翻找的手指,涂了奶油色珠光指甲油。

她低下头时,黑色的长发遮挡住半边脸,暂时掩盖了哭红的双眼。

我第一次知道,人可以几乎无声无息地、甚至嘴角还微微上扬着、像是带着笑意地,大流眼泪。传说中"不动声色地崩溃",应该就如我所见这般了。

在那只姜黄色的小皮包里,没找到纸巾,她平静地合上包,用极小摆幅的动作,扯起披肩一角,擦了擦眼睛。

我竟也跟着一阵阵眼眶发热,很想递给她一包纸巾,但又确定,这种时候她最希望——我装作什么都没看到。

她似乎有些对眼泪没办法,任由它们继续奔涌,干脆把眼皮合上一阵子。

我极速打量她,眉毛修剪得精致,脸上皮肤刚被泪水洗刷,泛着一点光泽,轻抿着嘴唇,不张扬的唇色。

这么早班的高铁,她应该六点就出门了,能保持头发顺滑,脸面干净,化了淡淡的妆,应该是那种挺体面的大都会女性。

唉,何以如此悲伤?在一个不封闭的空间,对着没睡着的我,显然是实在无法抑止。

我捧着书胡思乱想,一页也没翻过去。

连着她耳机的手机,放在我俩一侧的窗边横档上。她按了一下 home 键,屏幕上出现了正在播放的歌,我快速扫过,清清楚楚收进眼里。

一瞬间有点明白,她正感受的是哪一种悲伤。

若是你同意

天下父亲多数都平凡得可以

也许你就会舍不得再追根究底

我记得自己

当庸碌无为的日子悄然如约而至

我只顾卑微地喘息

甚至没有陪他 失去呼吸

…………

一首新写的旧歌 怎么就这么巧了

知道谁藏好的心还有个缺角呢

我当这首歌是给他的献礼

但愿他正在某处微笑看自己

有一天当我乘风去见你

再聊聊这歌里 来不及说的千言万语

下一次我们都不缺席
　　　　　　　　　——李宗盛《新写的旧歌》

旅途中的舒国治写过：

过客不处理进一步的事体，亦不负担历史，只是隔岸观雾，因而更能察受其美。此亦是人生无可奈何之处。旅途所见，看过也就算了。

然而她的悲伤,不可避免使我想到我的父亲。过去十多年,我不停地在事业上折腾，先是从很好的媒体出来，几次创业，又从北京折腾去大理，每次变动，都说不出缜密的理由，只是任性自专。父母默默承受，从不干涉，但能想象背着我时，会有多少焦虑担心。

如花在野

爸爸笃信他的女儿才高八斗,总担心我连年沉浸在"俗务"中,是屈了才。

二〇二〇年初将公司全部交托给合伙人,一切落定后,才给他发了条微信,告知了我的变动。又一次抛开所有,投身茫茫未知,依然说不出了不得的理由。估计在他们那里,心中又是一番惊涛骇浪。

过了近一小时,爸爸回我:

"很好。××(我那时在做的公司)拴得你太死,既不利于你的身体和生活,也限制了你灵气与写作特长的发挥,该吟啸自如、放情写作了。"

我拿出手机,翻看几个月前的微信对话,惭愧,我从没有他那般对我的信心,也不曾真的相信那飘忽来去的灵气。好在我一直踏实地行路,为使父母带我来人间这趟值得,为了不使"庸碌无为的日子,悄然如约而至"。

2

旅行结束,在昆明转高铁回大理。

推着一只小登机箱进站,步子很快。即便正戴着耳机听歌,还是听到了身后的喧哗。

一位老太太,穿着厚棉袄(此时昆明还很暖和),那黑色棉袄很旧了,袖口处有锯齿状的磨损痕迹。

她两手各拖着一个巨大的行李箱,拉杆上挂着塑料网兜,兜着几个塑料脸盆,另一个拉杆上挂着两个大布裹——那是老一辈的收纳方式,一块四方布,对角系紧,里面可以包住许多衣物。

拖着两个箱子的老太太,总共有一米多宽,着急走路,带倒了扶梯旁的一根隔离柱。

一位年轻保安冲过来,呵斥她,说你走路也不看着点。老太太不说话,急忙想扶起那根隔离柱,保安就么站着,继续数落她。

跟上来一位老头,气喘吁吁地,如老太太一样,两手各拖着一个最大号的拉杆箱,拉杆上挂着花花绿绿的布裹,还有一只搪瓷壳的大暖瓶。他不住地点头,表示抱歉。

这是搬家吧,在昆明打工?住在一间小出租屋里,这四个箱子,装着全部家当?这么老了,能打什么工呢?哦,或许是儿女在打工,他们来帮衬?

我一边猜测,一边迈上通往二楼候车厅的扶梯。

扶梯极长,站稳后,我探身看已走到扶梯口的老人,挨完呵斥的老太太想要上扶梯,我心里替她捏了一把汗,那么多行李,应该走直梯呀,保安该提醒一下才是……

下一秒,眼见着,老太太在迈上电梯的一瞬间,重重地摔倒,头朝下,腿朝上,倒栽着被扶梯拖着上行,老头惊恐大叫,手忙脚乱上前扶,再下一秒,也摔倒在行进的扶梯上。

年轻保安眼神惊慌,冲着对讲机呼叫同伴,扶梯口那一地横七竖八花花绿绿的箱子,挡住了想要上扶梯帮忙的几个女人,除了呼喊,别无所能……

眼前人头攒动,我却觉满目荒凉。人间不值得,有时真的是。

15
顽强生长,无论立于幽暗还是危岩

1

她一手拿着调色盘,一手拿笔,正在一面淡灰色的墙上涂鸦,那图案是一盆红油火锅的抽象画,在她即将开张的火锅店里。

胸前兜着八个月大的娃,随着妈妈上下移动的手臂,微微晃着,眼睛盯着墙上的画,旁边是四岁半的大女儿自己玩着,母女三人互不打扰,都静悄悄地各自忙活。

我推门而入,所见就是这样一幅场景。

天色向晚不晚，火锅店的灯还没装好，借着窗外灰蓝的天色，屋里暗沉沉的。

听到门响，她回头，看到我，冲我一笑，那瞬间像点亮了整个空间。有些人就有这样的能量场。

像色彩，有些人的能量场是暖色的，个性积极、开放包容、承受力强，会让人在心情沉郁时不自觉想靠近他们。有些人的能量场像带着一个会行走的灰暗罩子，随时要把靠近他的人裹进那一团灰暗去。

她的色彩，不止属暖色，且明度极高。表情总是明丽着，说出的话像老话讲的，一个唾沫一个钉，没有那种欲吐不吐或一句话总要捎带点什么让你猜的迂回。

她是重庆女人，比我小几岁。过着极普通的生活，总是灿烂着。

笑点很低，认识久一些后，聚会时我说个什么她都在旁边咯咯咯地笑，一边笑一边说太好笑了。我一脸问号地看她，要不要这么夸张啊。

模样很标致，我们成为幼儿园同班家长的第一天送园，

顽强生长，无论立于幽暗还是危岩

我就注意到她,一件淡粉色麻质长裙,一双褐色手工皮鞋,脚踝纤细,是那种温柔与倔强融合得恰到好处的气质。

我仔细打量她,手上皮肤干裂泛白,脚踝皮肤同样干裂,推想应该是个勤于干活的女人。

多了解些,知道她家之前在双廊的几家客栈,因大理洱海整治被关闭,像周围许多以客栈为生、原本过得挺好的家庭一样,突然间断了经济来源。

夫妻俩转而开起有机农场,那是一个无法快速赚到钱的生计。

认识的这两年,她先生在农场有干不完的活儿,我先是看到她挺着大肚子,接送大女儿;又看到她抱着个小奶娃,接送大女儿。

想起几年前我孩子还小,独自开车时,把孩子放在后座安全座椅里,她哭得声嘶力竭,我听得生无可恋。想象一下再有个三四岁的孩子需要照顾,其中的辛苦不可描述。

我看着她都觉得累,可她脸上总挂着笑,由衷的。

有时她笑说:"学费都要交不起啦!"

我看她脸上没一点愁苦之色，问："你不愁啊？"

"愁啊，愁有什么用啊。"还是笑。

又有一次，说起打算开个火锅店，缓解经济状况，我吃惊，怎么开啊，你带着两个孩子呢。

"哎呀，先开起来，肯定有办法的。"然后就风风火火地看店，筹措启动资金。

中间的辛苦不必我细说，有一次路过咖啡馆进来歇会儿喝口水，旁边人替她抱一会儿娃，没歇几分钟，就又到了接大女儿放学的点了。她麻利地抓紧给小娃喂奶，好确保她一会儿在路上不哭闹。

我看着心酸，可她面上淡淡地，未见郁郁神色，我禁不住问：

"真辛苦啊，怎么就从来看不到你发愁呢？"

她一手搂娃一手拢着衣服，边喂奶边跟我说："愁有什么用，总得想办法。"语气明朗，脸上笑着。

听她这么一说，瞬间心里就觉得敞亮。

顽强生长，无论立于幽暗还是危岩

2

她家的有机农场,是从农民手里租的地,先得养,不打药不施化肥,不用除草剂。地里长出来的胡萝卜、土豆、地瓜,我时常带些回家,它们歪歪扭扭,一点也不好看,可是那地瓜用烤箱烤着吃,简直甜出蜜来。

我捧着一个烤地瓜,站在厨房吧台看出去,冬樱花开了,玉兰树也出苞了,一个人在家,周围安静得,像站在整个世界的背后;身后的客厅,刚打扫过,整洁得没人烟似的。

上一次她来我家,孩子们一起玩儿。她躺在玻璃房的榻榻米上,看天上的云,随意聊起以前的事,叹息,好舒服啊。

她给我看手机里他们结婚前的照片,她先生斯文得像个小提琴家。如今褪尽书生气,成了一个地道的农场主。

我问,谁追的谁呀?

她笑:"当然是我追他啦!他以前看很多书,还会写诗,后来开客栈,什么活儿都会干,我很崇拜他的。"

"那怎么追到的?"

"我以前学习不好,老跟人打架那种,他大概看上我勤快吧,做饭好吃。"

正聊着,旁边的小奶娃哭了,她坐起来喂奶,脸上还留着回忆时的幸福神色。

她让我无法归类。如果如她所说,她只是一个勤快的、接地气的重庆女人;可我见到的她,会抓住任何可能的机会学习,提升自己,上亲子沟通课,去学古筝,带孩子看童话剧。

在对孩子的教育上,她有一种发自天然的先进,手头活儿再多,也要亲力亲为地带孩子。她要开火锅店,在重庆的妈妈心疼她辛苦,让她把孩子放在重庆帮她带,被她拒绝,"孩子还是要亲自带",平静又笃定,不是纠结之后痛下决心的拒绝。

再多的育儿理论,都不如全然陪着孩子的妈妈,发自内心最真实的感受。

活得真实,不被头脑里纷飞的杂念干扰,尊重自己作为妈妈的感受,这是我在她身上学到的。

德波顿说,人们总是认为自己的那点悲伤是世间的最悲伤,这源于人们普遍把自己的事更当回事。

顽强生长,无论立于幽暗还是危岩

我以为这很具有普遍性，可是看到她，所遇的难题更难，她却似乎并没这样的自觉。她不沉醉于自己的悲伤，我想是因为她不觉得这有什么大不了。

前几周，为了筹备火锅店，她带着两个孩子回重庆，在一家老火锅店打工学习，早上八点上班，晚上十点下班。

再回来时，在幼儿园门口碰见，她涂着酒红色的指甲油，戴一顶黑色贝雷帽，穿一条灰色的哈伦裤，像个学艺术的女大学生，与她即将拥有的火锅店老板娘的身份颇不相称。

我说，回趟大城市，变化好大啊你。

她笑："我生娃之前就是这样的呢。"

只要让我缓过口气来，我就要美美的啊。

3

一个人对自己生活中的遭遇举重若轻，就不会落入顾影自怜的境地，能量由此产生。反之亦然，往往有能量的人才能做到举重若轻，两者互为因果。

我家咖啡馆与她的火锅店相距百米,这条街上的店,一间间多起来,店主们,每个都不一样,又都自在坚定地做着自己,投入真实的手艺和生活中。

李宗盛唱,"我只见过那合久的分了,却没见过分久的合"。不知为何,每当我站在咖啡馆门口左右张望,脑子里都会想起这样一句。

在大理的人,心里都不同程度地清楚,只是在这儿安放一段人生,未来会待多久,谁说得准。

我只想明白一桩,知道终究会分的这些合,那么合时,便尽情欢聚。时光与遭遇,剧情从不假你我之手书写,每个人都在承受中扑腾着,只是有些人脸上挂着笑,更多成年人脸上挂着失望。

哲学家塞内加说过一句:"何必为部分生活而哭泣,君不见全部人生都催人泪下!"看着她,想到这一句,觉得再不能这么贴切。

顽强生长,无论立于幽暗还是危岩

16
生活先于书籍，生长先于追求

1

邻居小伙子，是个婚纱照摄影师，租住在我家隔壁的房子里，单名一个"喜"字。平常出门进去地看到他，人如其名，脸上常现出浅浅的、略带羞涩的喜色。

坐在厨房窗前吃早饭、喝茶时，常看到楼下一对对新人，高矮胖瘦，都有。有的新人面上带喜气，有的带着丧气。

我看摄影师小伙子无论拍谁，都是一副稳稳当当的模样，微微有丝笑意，很少开口，却有一种洞察明彻的神色。总让我联想到我家供着的那尊黄铜菩萨像，也是一副洞彻人心的神色。

生意不是天天都有，做邻居两年，从楼下来往的新人身上，也大概观察出大理婚纱摄影行业的淡旺季。

没生意的时候，隔壁传出乐队弹唱的声音，有时像一两个人，有时四五个人的阵仗。常常从晚饭后到午夜不停歇。

好在弹唱得还挺好听，多是些略带伤感的民谣，二十几岁的单身小伙子嘛，无非是唱着姑娘啊姑娘、远方啊远方的，不显吵，又总勾起我某种怀旧的情绪，倒成了庸常一天落幕后的一点佐料。

前一阵，小伙子买回一辆新车，黑色，在楼下空地上拆拆卸卸，换换装装，降了底盘，换了轮胎，前后折腾了两个多星期，一辆其貌不扬的两厢小车，改出了复古的气质，我对他好感更甚从前。

看他喜滋滋地开出去开回来，应该是很满意自己这桩新手艺。

我还寻思着，大概手艺都是相通的，能摆弄好相机，就能摆弄得了汽车。

又过了一个来月,有一天回家,看到楼下停了一辆破得几乎报废的车,里面座椅什么的全拆了,剩下个空壳,小伙子正钻在里面折腾着。零件摆了方圆二十平方米,阵仗大极了。

我打招呼,你这是要整个彻底的啊。他微侧着身体探出头说:嗯,试试。

几周后,那辆车重新喷了漆回来,一身亮闪闪的橙色,座椅是大红色,我以为看到了印度电影里的场景。

它就那么静静地停在楼下,散发着喜感。

女儿看到,眼冒亮光:"哇,太漂亮的车了!我长大了也要买这个颜色的车。"

好几天,我一靠近厨房窗台,视线下方冒出一大坨热闹的橙红色,就要情不自禁地笑上一会儿。

又拿出女儿的画对照,一模一样的一坨坨橙色红色,我暗自苦笑,在大理待久了,审美会不会变得不"高级"。

大概"喜形于色"说的就是眼前这般场景。

只是,这辆"印度车"迟迟开不出去,停在楼下的时日越来越久,终于跨了年。小伙子拆拆弄弄,不时叹气,时常盯着它,脸上愁云密布。

估计是手中技艺还撑不起重装一整辆车的雄心。

2

王先生去外地上完了又一期咖啡课程,刚回来那几天,每天晚上翻来覆去睡不着,愁容满面。

我说,你手艺不是又进阶了吗,怎么反倒不开心。他说,每次刚学完,都有点蒙。

眼高了,手还低着,等待手追上眼的过程,是很难熬的。

手艺人如此,其他行业莫不如是。我有时写得畅快,有时写得沮丧,最沮丧时,往往是密集读了一批好书,眼界变高了的时候。

有一段,沉迷苏东坡的诗文好几个月,之后再看自己的东西,就觉得怎么这么差劲,于是连着几日愁眉苦脸,唉声叹气。

坐在咖啡馆萎靡不振，我妹问我："怎么了？"

我叹口气悻悻然："再怎么写，也赶不上苏东坡啊！"我说时多么严肃，丝毫不觉这话狂妄，她听了回我一脸嘲笑："你咋不上天呢。"

我这才由沮丧的心情中抽离出来些，老老实实回到自己的现实中笔耕不辍。

一位写作者朋友有一阵陷入抑郁，发微信给我说："我写得太差了，质疑自己是否还要写下去。"

我问："最近是不是书看多了？"她答："最近读了一批大师作品，反观自己，惨不忍睹。"

但凡创作者，大概都有过这样的状态，志存千里，眼高手低，别人听了觉得你们太嚣张，还跟大师比，也不掂一掂自己几斤几两。

这话没错，近来觉得，"追求"本身就是杂念的一种，安分生长丝毫不比志存高远容易。

在大理种地的日本人六说，作物有自己的力量，不用管太多,不然它们的生命力就丢了。我觉得这话的意蕴不止于说种地。

禅宗讲体悟,讲心手合一。眼高时,是眼不看心,而看着高处和别处,高处别处也是杂念,是"我我我"和"要要要"。

有一次看到日本当代"陶作家"安藤雅信的陶作品。只是看着,并不能理解这么不起眼的东西怎么就成了大师作品,可当拿起来握在手中一会儿后(如果是日日喝茶的人,很难不被触动),就懂了。

那样一种上手的感觉,就如人们所说的"气",是活的、流动的。它没有那么多"我,我,我",而是在激活拿着它的人的"气"。

说得有点玄,但却是我在那个当下捕捉到的感受。

后来,开始有意地关注有关安藤雅信的书。知道他十岁就决定成为艺术家,整个青年时代,都在憧憬自己成为像一匹独狼般气质冷冽的艺术家。

大学进了梦寐以求的武藏野美术大学,有一次在研究室,他戴着帽子工作,被教授的助手提醒要摘掉帽子,他年轻气

生活先于书籍,生长先于追求

盛,很不客气地顶了回去。

结果在紧随其后的新生欢迎会上,教授们挨个过来念叨他:"你小子很傲啊!"安藤雅信愤而起身,竟然和主任教授扭打成一团。

可想而知,之后大学四年就被完全无视了。

因为父母的家业是做陶器买卖,安藤雅信上完大学后就离开东京,回家乡进了陶艺学校。但他不知道自己想要制作些什么,日子久了便有种窒息感。

心里有着要做一个"艺术家"的追求,无法潜心于烧陶的世界。

后来他看到一本书《少年艺术》,里面提到,只有在与经济有关的艺廊中办展,才具备足够影响他人的意义。

这本书对他触动很大,但关键词仍停留在一个艺术家如何"影响他人",于是想着要不要去这本书作者待过的英国艺术学校深造,或者去印度寻求灵感。

最后选了去印度,机缘之下,又去了西藏,一路上开始学习藏传佛教。

也是在这个过程中，他意识到自己一直在追逐成为西方意义上的艺术家，对于西方现代美术中的自我表现已经精疲力竭。但作为日本人却对与自己内心相连的文化了解很少。

再回到日本后，他开始学习茶道和佛法。藏传佛教让他相信因果不虚。

"我开始明白，结果不好是因为自己的动机不纯，如今回想起来，自己还真有过想要成名成家的欲望。"意识到这一点，安藤开始在创作中不断验证自己的动机。

"回到日本后，我学会了以自己内心最纯粹的动机来思考创作，并且决定接受所有来找我的工作。"因此做过停车场的挡杆、庭院中的小动物雕像、玄关大厅的陶壁——这类"艺术家"不做的东西。

这段经历给了他靠烧陶为营生的经验和信心。从那以后，他专注地深入制陶，将"艺术家"需要的个人表现的欲望从内心中摒除干净。不再追求成为什么，而是安分地生长。

他称自己为陶作家，而不是陶艺家。他说："我不想做出些带有艺术性的东西，而是想去制作一些人们认为不起眼

生活先于书籍，生长先于追求

的东西。也因此被前辈们批评,'老做这样的东西你不成器'。"

他已经不那么在乎成不成器,因为笃定"人只能表现出内心所拥有的东西"。

3

难的是,我们总是会混淆眼睛看到的和内心所拥有的两个世界。向外追求的一切,都是在拓展眼睛看到的边界,但内心拥有,是个自己和自己交手的过程。孤独和磨炼,是这个过程的常态。

最近手边在看《禅与摩托车维修艺术》,里面提到,定期避免阅读任何书,以免被夺去自主思考的能力。由此想起叔本华曾给过世人的两条箴言:一、生活先于书籍,二、文本先于评论。

于我,还有一条,生长先于追求。

17
拒绝自己成为谁

大理这个地方，住惯了觉得也没啥特别，不就是阳光天天灿烂着，人们日日细碎地生活着，彩色的云不停变幻着，你在一处草地上躺着看云流动，躺半天都不会看腻烦。

抱着很大期待来旅游的人，走的时候多半会觉得，也没啥呀，不明白怎么那么多人搬来。

住惯了也觉得没啥的我，每次出差或旅行，都是离开一两天就开始想念。一周以上再回来，被炽烈的阳光照着，见到才认识一两年的"老朋友"们，亲切得恨不得上去拥抱，有一种恍如隔世的不真实感。

我不知道这种痴迷何时会消退，确定的是，如果未来有一天离开这里，也必定会回忆说：那些年啊，真是惬意。

匈牙利女哲学家赫勒，给出过美好人生的三个维度（一九八三年）：自然禀赋的充分发展、正义、人与人之间深刻的情感联系。

三十岁前我一点也不能理解这三个维度，觉得即便真有美好人生，那也应该是：够用的物质，富足的精神，融洽的关系吧。

在大理住这几年，时常思考，什么是一个人该有的样子？什么是值得追求的美好人生？耳边时而响起苏格拉底的咆哮：你关心一堆东西，你的财产、你的声望，而独独不关心你的心灵。那么，关心心灵的人呈现何种模样？

我观察大理的人们，揣着这样一些有的没的困惑，逐渐意识到，哲学家的三个维度，果真具有根本性。

美好人生的第一个维度——自然禀赋的充分发展，"至少需要自由、多元和多样化的教育"。对于成年人，是自由、多元的价值评定，以及内在驱动的自我再成长。这一点，在大理的外来人群中，表现得非常突出。

曾经衣冠楚楚的商业精英，变身采茶人；工程师变成面包师；投机者蜕变成坐而论道的修禅者；首饰设计师变成面朝红土（云南是红土地）背朝天的农夫。闲聊间，最容易把别人问住的一个问题是：你猜猜他以前是干什么的？这感觉很奇妙，也让我对自己未来将生长出的样子，感到好奇。

美好人生的第二个维度——正义，自不多言，除了自己不作恶，也不处在一个被迫作恶的系统里。

怎么理解作恶？打个比方，想象让一个崇尚极简、热衷环保的人，处在某宝的工作系统里，分配给他一项工作——策划"双11"狂欢活动，让他一本正经地炮制出这种口号——"就算没有男女朋友，也要疯狂购物！"

这种时候，他内心对"正义"的诉求就不可能获得满足，他的工作无论在世俗观念中多么光鲜，都成了他通向美好人生的阻碍。

美好人生的第三个维度——人与人之间深刻的情感联系，"则需要以'人'为轴心、以自组织为原则的社群、社区以及'社会'的发育和发展"。只有在真实坦诚的自我之间，才可能产生"深刻的情感联系"。

外来人在大理的生活，在这三个维度上，拥有了极大的可能性。

拿我对自己生活的观察来说，女儿可算成长在一个自由、多元和多样化的教育社区，社区主流的理念是奋力推动人的自然禀赋的充分发展。通俗地说，就是接纳孩子的生长节奏，而不是追求可以设置的规训结果。真正发自内心赞同这种教育的父母，也更倾向于挖掘自己的自然禀赋，以期获得重新生长。

然后，在"正义"的维度上较少面对激烈的挣扎，这有赖于"去体制化"。

《肖申克的救赎》中那段经典的台词："刚入地狱的时候，你痛恨它；慢慢地，你习惯了生活在其中；随着时间的推移，最后发现已经不得不依靠它生存了，这就是体制化。"

大理的外来人，去体制化是个共同特征。

他们试图"成为自己"，而非"成为别人"。他们尊重内心的舒适，而非外在的成就，尽管许多人看似无所事事，时常看起来也挺迷茫，但至少，如福柯言："当前的目标并不在于发现我们是谁，而是拒绝我们是谁。"

拒绝自己成为谁，只这一点，就常使我感动。

咖啡馆门前的斑驳光影里，总窝着烤太阳的人，没什么表情，半天也不挪动，像在沉思，而或者只是发呆。很少费心去想，我要成为谁。

他们时常让我想起瓦尔登湖边的梭罗，也如此这般，在自己门前一坐数小时，什么也不做，还振振有词：

> 有时候，我可不愿牺牲当下的如花时光去劳作，无论是体力还是脑力劳作。我喜欢在人生中留出优裕时间。有时候，在夏日的清晨，像往常一样洗澡沐浴之后，我坐在自家门前，阳光灿烂，我从旭日东升直坐到太阳当顶，在一片松树和山核桃树及漆树中，在远离尘嚣的孤寂和宁静中，沉思冥想。

> 我在这冥想时光中成长，就像玉米在夜间拔节，

此中快意远胜过双手劳作带来的任何成就。我的生命时光并没白白浪费，我反而从中得到了提高和升华。我意识到了东方哲人所说的沉思和抛弃劳作究竟意义何在。

如果每个人都能在一生中或早或晚的某个时刻，意识到自己所需要的，并没有想象中那么多，意识到一生无休止的劳作，多么像忧郁的叔本华极其同情的鼹鼠们：

> 坚持不懈地用它巨大的铲状脚爪挖洞就是它们毕生的事业；周围是永远的长夜，它们的眼睛生来就是为了避光……它们受苦受难、毫无乐趣的一生到底获得了什么？生活的苦难和操心与得到的好处完全不相称。

人啊人，比那长夜中的鼹鼠，又好出多少呢？
命运如果稍有不同，在于除了生物本能，我们还被本不需要的、由社会附加的、被文化驱使的冠冕堂皇的欲望所控制，一生营营役役，却与美好人生背道而驰。

人一旦关心心灵，则必爱自由。唯其在自由中，心灵才能生长。我不能断言在大理的人们一定关心心灵，但我很确定，他们必爱自由。

18
无可奈何的小桥

因疫情滞留老家近两个月后,终于回到大理。

四年来离开最久的一次,隔远了看,习以为常重新变得珍贵。再回来,多了些陌生感。

下午出门,沿着苍山大道,散了次长长的步。寓目的都是花树、是山水、是田地,裹着艳粉头巾的大娘,弯着腰在田里劳动。在这里,还能看到大片荒野。

大路旁随便拣一条小道,往山中去,不消多久,人世间就像被抛在身后,四周是参天松柏与一座座坟茔、墓碑。

一个人在墓地旁走,暖暖的微风也阴冷起来,胳膊泛起鸡皮疙瘩，壮着胆子又走了会儿，便绷不住，扭头往回跑起来。跑回大路，大喘着气，微风重又暖起来，似回到人间。

春光炽烈得晃眼，晒得人晕乎乎，默默哀叹，好不容易养白些的脸皮，不出两天又要黑好几个色度。

大学门口常年热闹的一条街，如今冷冷清清，没几家店开门。却恰好与记忆中四年前刚到来时的境况重叠。

都快忘了，那时为避霾来短住，所求就只一样：无须日日看着空气指数出门。

那是十二月，旅游淡季，半山上远没有如今便利，看惯了北京广告牌林立闪烁，人们行色匆匆，看到这里的清静，一时切换不及，只觉得萧条、寂寥。还有一种前途与当下不能兼顾的无可奈何。

那时下去古城，稍繁华些，酒吧驻唱歌手沙哑的民谣歌声里，整条街都飘着波希米亚的气息。我心中隐隐抗拒，觉得这气息不该属于三十几岁拖家带口的人生。

转而又想，就不去思考，只是感受，想看若放下控制，前途会走向哪里。如今想来，那是一次为随机性打开大门的

无可奈何的小桥

经历。短住变成长住,又变成移居,然后安家置业,留下一大段人生。

其实所谓这一大段人生,好像也就在一条不到三公里的街上,来来回回。家在街的这一头,咖啡馆在街的那一头,走过去不用一刻钟。

这条街,有常去的米线店、蔬果店,有去跑步的大学操场,有先生常去的健身房。后来苍山大道通了,连大学都不用进,家门口就是一条很美的散步路线。

这段路,再往北一些,是女儿的幼儿园;往南一些,是我常去的游泳馆。然后,日常所需就到头了。

四年,生活就在这三公里内重复,事情一件没少做,却每一天都见得着日与夜,分得出清晨与黄昏日光中颜色的差别。不知这算不算前途与当下的两全。

每一天都是一——天。能供你在每一天塞进许多感受,使重复生出许多妙不可言。

身旁路上,不时有外卖小哥骑着电动车驶过。行经苍山大道一个90度的、从苍山向着洱海去的弯道,无一例外,都放慢了速度，面带微微笑意，目光自远处久久不肯收回。我知道人类的悲欢并不相通，可这时，我确定我和他们的感受是相通的。

刚搬来那年，好友来看我们，开车带她行在半山路上，我时而感叹，你看那儿多美啊！三年后她再来，一起散步，我还在大惊小怪地感叹，你看那儿多美啊！她嘲笑，你行不行啊，连语气都不带变一下的。

好像还真是，就这么三公里内，竟然扛住了审美疲劳。我想，人必性情相近，始能受其影响。人和地方也是一样的。

人们爱说，一个城市对人一生烙印之深，好像城市是因、影响是果。这掩盖了深一层的因果联系，对有自由意志的人来说，愿意受何人何地影响，才是更深的因。

我爱看黄公望、倪瓒、吴镇、石涛的作品，还有龚贤，等等，粗粗划拉一下，发现无一不是真的隐者。读辛弃疾词，多少有力、豪迈的，多少热闹的，我却总被他那些"烟雨却低回，望来终不来""怕上层楼，十日九风雨"里的无可奈何触动。

人与人的悲欢并不相通，所以"人最寂寞是许多话要说

无可奈何的小桥

找不到可谈的人,许多本事可表现而不遇识者",辛弃疾无可奈何,只好"一松一竹真朋友,山鸟山花好弟兄"。本为排解寂寞,当真能与松竹山花为友时,回身看看,寂寞早已消散。

我喜欢无可奈何的时刻,那是一座小桥,当你站在桥上,往前一步是豁然另一片天地,往后一步,是不甘心那么再去试一把。都好。

辛词,时而写往前那一步,"点火樱桃,照一架、荼蘼如雪。春正好……",时而写往后的那一步,"此身忘世浑容易,使世相忘却自难"。能豪放能婉约,滋味咀嚼不尽。我想,都因他常常体会,站在小桥上前后顾盼时的无可奈何。

四年前来此地短住时,对于前途与当下的迷茫,大概可类比这种无可奈何。如今回看,它回报的是可能性。前人总结:"世人有思想者多计较是非,无思想者多计较厉害。"还有一种,如辛弃疾,世不相忘,就去认真做点事。世不相容,就回来山中,松花酿酒,春水煎茶。承担现实利害,又不失诗情诗感。兴之所至,尽力去办,是最富于诗味的人生,也是我想尽力实践的一种。

散个步,想到这许多,随手记之。

19
恒以哲学自坚其心

1

拜隔离所赐,无事可干,闷在家里读书。王先生密集地读了一批哲学书,肉眼可见的变化,让我想起读书时代沉迷哲学的自己。

二十岁之前,我的阅读世界里,叔本华、尼采这类与"悲观主义"标签连在一起的哲学家,是绝对不敢碰的。生怕一经探寻,便使好不容易鼓噪出的雄心壮志偃旗息鼓。

因为一早察觉出潜藏于心底的对世界的厌离心,那是一个总在凝视我的深渊，我本能地努力不去回望深渊。

深渊在侧的我，隔着门、隔着窗、隔着嬉笑，冷眼旁观外界的热闹。一面觉得，在这纷纭的人间，自己简直无足轻重，另一面又深觉，一切纷纭如尘如雾，"自己"二字却是如此不可逃脱。

五岁半的女儿总是问我：人死了还活着吗？人有没有灵魂？我的玩具有没有生命？

这些问题让我童年的记忆频繁闪回，想起五六岁的自己，很长时间都在困惑，身体里的"我"，到底是什么？和大院里的孩子们玩着，我会忽然想，其他小朋友的身体里，也有一个"我"吗？

哲学这个东西，犹如一个巨大的黑洞，在我还没有清晰的意识之时，就隐隐发射着诱人的微光。

等到终于敢深入尼采、叔本华的世界，已是自认为，可与内心不时升起的厌离心和平相处。热闹时就在热闹中体验，孤独时就在孤独中思考，不再时时渴望离群索居。

三十岁后，慢慢看清一件事，即人生本不存在"选择走什么路",幼时那未经意识横加干涉的脑子里,不断闪回着怎样的问题,早已决定了此后人生路上,想要获得什么答案。

对于女儿的问题,我的回答围绕着"灵魂不死,是一个既没有被证实,也没有被证伪的猜想"。你希望灵魂存在吗?答案在你自己心里。

先哲有言:科学需要证明,信仰并不需要。我不过搬来用一用。

2

哲学家中,王先生痴迷伏尔泰、尼采,散步时,滔滔不绝说着这两人的思想给他多少启发。天上星与月照着,有种灵魂伴侣之感。

灵魂了没一会儿,话题一转,聊起现实中建筑的工期,哪个供应商报价高了几万,楼体外立面做得如何,施工图哪里要改改,一瞬间灵魂伴侣双双飞到月亮上去,剩下两个搭伙过日子的工头了。

我笑说，真是月亮与六便士。有种坐在一坨屎上谈风月的荒诞感。然人生这出戏剧不就这样嘛。

能在灵魂与现实间自然切换，其实是真的成长了。现实焦头烂额时，要读诗与哲学；心灵空虚无着时，得去做事。这是演好这出戏剧的路径，路径常比目的还要紧。

手中有应世之法，心中有旷野，一个人的宇宙就会广大。宇宙就是格局。如一个坐标系，横轴是思想的广度，纵轴是时空的长度。

想起周汝昌评价张伯驹："他为人超拔，是因为时间坐标系特异，一般人时间坐标系三年五年，顶多十年八年，而张伯驹的坐标系大约有千年，所以他能坐观云起，笑看落花，视勋名如糟粕，看势力如尘埃。"

董其昌的坐标系也有上千年，他的反应则是血战艺术史的野心。他的画里，弥漫着一股哲学的抽象气，其时大众看不懂不重要，他的对手和知己，都还未曾谋面。尼采说，我生活的时代还没有到来。他们都是一类人，格局广大，作品中有浩然之气。

我们受限于出身,受限于教育,受限于越来越细分的职业,大多数人的格局由这三点圈定。但人可以为自己重新构建坐标系。

木心写:史学使人清醒,哲学使人坚定。

当一个人把自己放进历史的长河中观照,首先需要勇气承认自己如沙尘一般渺小,回报是,在高空中俯瞰一己得失,几可忽略不计。从容、豁达、高贵,都由此生出。

说到底,是不与现实论输赢,尽力而为,拂袖而去。

哲学使人坚定。反之,如木心说,"发现很多人的失落,是忘却了违背了自己少年时的立志,自认为练达,自认为精明,从前多幼稚,总算看透了,想穿了——就此变成少年时最憎恶的那种人"。被现实腐化,因无信念。哲学是信念。

我以为,史学、哲学外,还得加上艺术,艺术使人心有余裕。灾难之后,艺术出来收拾残局。而这三者,常人以为最无用。

沉迷哲学不久的王先生,便已获得"一切加诸自身的事件,去承受。在承受中,验证自己的心"这样的领悟,具足慧根。

朋友圈中,除去与现实缠绕之人,最好放入一些故去的伟大的人,他们扩展人内在的宇宙。宇宙越辽阔,现实所占比重越小,也就越容易遇事从容冷静,显得云淡风轻。

我们说一个人"心大",因人家心中有旷野,一般的龙卷风,可能会把一小块地刮得寸草不生,可奈何不了旷野。

星与月仍然照着,我看到人世与哲学,是行与路的关系。一个人确切地存在于何处?除去所作所为,还存在于所思所欲之中。

史铁生在死神常伴并伺机行动的日子,写下:

> 人间这出戏剧是只杀不死的九头鸟,一代代角色隐退,又一代代角色登台,仍然七情六欲,仍然悲欢离合,仍然是探索而至神秘、欲知而终于知不知,各种消息都在流传,万古不废。

通透又慈悲的文字,来自清醒又坚定的心志。如那句欧洲谚语:

人在患难之中,恒以哲学自坚其心。

20
没在深夜总结过人生，无以语明天

老友来问，之前有篇文里，提到处理"毒素"：

"当我们决定过一种相对自我的生活时，藏于人性中的毒素一般的东西，便不容分说地渗出来，浮现于表面。'与自己和解'不是一个概念，非经过丝丝缕缕处理毒素的体验，是无法谈和解的。"

如上所述，希望我写写具体的方法。真是问对了人！我的毒素渗出得太频繁，皆要归咎于我那种任性自专的性格。

上天对人，大致是公平的。主要体现在所行之路与负重的配比。相对安全稳定的人生路，表面的风险低、乐趣少，心理所要承受的冲击，也相对少些。而一任己意，独断独行，乐趣多，风险高，所要处理的种种冲击、不适，也密集得多。

无奈的还有，遇事我不爱求助于人，也极少对人倾诉，全靠自己消化，需要自救的次数稍多，倒也攒了不少心得。

过去一年，闭关自守地专注在新的领域，向外的注意力收摄回来，需要独自打怪升级，对内在的毒素更有痛感，逼得自己梳理出一个化解的方法系统，避免被拖入内在失序的深渊。

道

1. 源认知

我认为人生不是线性的，所以也难认同线性的道路。线性的主要特征，清晰，稳定，可预测。

人生是无常的，未来是模糊不清的，这也正是人生的乐趣所在。

因此,外在系统一旦进入稳定,我就想去打破。内在系统一旦发现视野之内所有现象,我都能沾沾自喜地解读时,就想去突破它。因为封闭性会使思维固化、僵化。

我坚信,"稳定的系统"是脆弱的,无论内外。在变化中不适、反思、成长,是反脆弱。因此,我习惯自觉地发动变化。

这个过程当然大多数时候是痛苦的。跟好友笑说,我的人生有一半时间在自我怀疑,另一半在滑向自我怀疑的路上。

因为每一次主动引发的人生变动(那种结构性的变化),都会引发一次大规模的自我怀疑:

我有病吧?现在的日子不是挺舒服的吗?这么做有必要吗?后果是我能承受的吗?这条路是我要走的吗?诸如此类,间歇性地重来一遍,自己哄着自己玩儿。

然后,尽力抚平种种情绪,目不斜视地往前走,一点一点努力向自己证明,没有最正确的选择,只有把已选的变成最正确。进而发现,越挫越勇并不是骗人的。

一次次推倒重来,好处是,今日感到的最牢固的安全感,是能从容地面对许多事,觉得不过都是小意思,我都搞得定。

若是实在搞不定,那么太感谢了,磨炼使我成长,困境使我探知承受的边界。我真是这么想的!

副作用是,我日常性地羡慕吃吃喝喝就乐乐呵呵的人,想着要是我也能这样,对自我容易满足,那会轻松很多吧。

然而终究那不是我。

2. 变化

变化可起到大清洗的作用。

刚来大理头两年,我们的生活遭遇了十年来最大的变化。先生面临中年时重新做事业规划的挑战;女儿的教育需要重新思考;我则一下子要兼顾带孩子、重新组建工作团队、写作、装修房子,以及安顿生活的大量琐事。

除了这些必须承受的变化,我们还不知死活地开了第一家咖啡馆,同时在建一个同品牌的设计酒店。我个人的道路,也在去年三十六岁的本命年，进入了全新的未知世界。夫妻俩开玩笑说，除了没离婚，所有面向都更新了一遍。

现在敲下这些字，仍会感叹人生际遇是多么不可预测。我也是多么"傻白甜"，才会不顾风险，在同一阶段将人生各个层面做颠覆性的变化。

然而，三年过去了，整合过的各部分像齿轮般重新咬合，以新的节奏向前转动，人生也因此展现出全新的面貌。

变化清洗掉的，是对不确定的恐惧，惯性思维，以及单一的成长路径；所获得的，是对结构性变化的适应能力，以及更持久的自我成长方式。

一个人缺乏在随机性中的磨炼，在长期的稳定中会变得脆弱，隐藏的脆弱性在平静的表面下暗暗积聚。因此，不要成为脆弱而不自知的人，被一种虚假的安全感所蒙蔽。

将人生的危机延后，并非良策。我宁愿一切苦痛都趁早到来。若上天有安排属于我的荣光，可等雨打风吹后，陌上花开缓缓归。

3. 干枯

人生的干枯，比人生的苦痛，更令我感到恐惧。干枯，大致等于，内在世界麻木萎缩，没有想探究的东西，不再感动，停止生长，体制化（自我的面貌被系统模式化）。

每个人都有内在世界和外在世界，对于我，更依赖内在世界的繁荣。至少，外在的凡尘俗世与内在的精神世界，同等重要。当内外冲突严重到当时的我无法两全时，常选择先顾及内在世界。

4. 能量

人的能量是有限的，同时也是可再生的。有限，所以要学会节能；可再生，所以要学会续电。

人生的长度和质地，取决于能量的输入输出关系。

5.终点

人生的究竟,在于不断突破成长的边界。最好还有能量推动他人成长。这件事,是再微小的个体,也可以对世界作出的贡献。

禅宗里,没有大与小的二元分别。从万物更高层次的联系看,一个原子也有着等同于宇宙的可能性。人如蚁,也如神。

术

佛教哲学中,"戒定慧"系统简单又玄妙,统领大部分有关自我成长的方法论。

与之相对应的,艺术与手艺领域,有"守破离"。生命的阶段和格局,有"见自己,见天地,见众生"。根儿上说的是同样的东西。

这个系统,我几乎运用在了人生的各个方面。夫妻关系,家庭运转，学习成长，修习技艺，自我管理等，屡试不爽。

1. 戒

一切成长，开始于自觉的戒。它是生命能量的节能模式。

"戒"这个字看着有点凶，可见是要对自己下狠手，不容易，但如苦口良药。

林语堂总结："生之智慧，在于摒弃不必要之事。"西方讲"精要主义"，日本有"断舍离"，说的都是戒。

自觉的戒除，为使一个人的生命能量，集中于最易产生价值的领域，有一个词总结，叫"贡献峰值"。当主动地决定个人贡献峰值所在后，戒，是斩除一切障碍，以执行那些最重要的事。

现代科学估算出中枢神经系统处理资讯的速限：

> 大致而言，我们顶多能同时应付七组资讯。大脑一秒钟顶多能处理 126 比特的资讯（我们听懂他

人说的话，就需要每秒处理40比特的资讯），一小时大约50万比特。

一生若以七十年计，每天十六小时清醒时间，一生可处理的资讯便是1850亿比特。这就是生活的全部——所有的思想、记忆、感觉与行动。[1]

数字大小暂不详解，只看它告诉我们一件事：意识是有限的，准许哪些资讯进入意识就显得格外重要。这是在说戒的必要性。

于我，外在世界的戒有：

戒速成。如果不是需要十年二十年才能做成的事，那就不做了。

戒机心。已经生存无虞，也不处在你死我活的世界，那么动用机心，无非为名为利，或为使事情好办，那就不必了。

追求简单的人，每一次动用机心，都会使道路变长。犹如错误的动作造成肌肉记忆，后面须花数倍力气矫正。

内在世界：戒畏难，戒潦草。

日常生活，戒的就更多了，因人因事而异，不细说。

戒，还有个必要前提，试错。青少年时光，奋斗是底色，尝试是主题，都为了在成本低的时候尽情试错。没有追逐过星辰大海，不太能真的享受日暮清野。

中年开始，不再说"坚持"二字，选好了要做的事、走的路，戒是甘愿为之的习惯性动作，而"坚持"，包含勉强的意味。所有路背后，都该有清醒的理由，若勉强为之，便不必走下去。

2. 定

戒可生定，又不必然生定。此中还差着一大步功夫。

以前听一位师父说法，戒定慧是融合的整体，若单分出来，有戒无定，易生偏执狭隘；定不生慧，人就木讷。都是死法。

人很容易把戒当目的。

有四年时间，我吃素，为了确保营养均衡，没少研究配比。这种戒除，使我在时间严重不够用的那几年，能以较少的睡眠保持身体和头脑的良好状态，得以兼顾工作生活的方方面面,这确实是食素的好处。

随着了解深入,我渐渐对吃素这件事附加了道德评判,当有一天发现自己竟会以此去评判划分他人,才明白那位师父说的偏执狭隘。戒若不能使心更安定、更包容,那就是上了岔路。

戒,是帮助能量圈起围墙,不致白白流失。定,表现在随心所欲地集中注意力,使它像探照灯一般,集中成一道光束,自如地应用在重要之处。

应用注意力的方式,决定了目标的实现程度,决定了人生的外延和内涵。因为深信这一点,我才能在每次一边主动跳出舒适区一边严重自我怀疑后,一门心思专注于选定的目标。

定的修炼,是一场争夺与控制注意力的战争。战利品,是一份极为深沉的快乐。"越来越完美的自我控制,产生一种痛快的感觉。"这是严格的自律、集中注意力换来的,是戒与定的奖赏。它带给你一种狂喜。只要在这种战役中战胜过自己,人生其他战场,也就变得容易多了。

定的具体的方法，无他，功夫与禅定（冥想、静坐）。与宗教无关，也不分职业，是任何人都可用的成长方法。

3. 慧

慧，是通透、洞察和预见，它使我们学会思考连锁反应（关系），看到副作用（辩证），以及感知到表象之下的庞大世界（直觉）。

不细写，还没有脸皮大谈智慧。但有两个心得：思维升级和心灵修炼，都重要。前者，是见识和高度；后者，是灵性和深度。如双脚走路。

西方在思维科学领域有极多优秀著作，东方在心灵方面更胜一筹。作为个体，没必要放着已有的智慧不取，而从头在黑暗中摸索一遍。

"毒素"

理清道与术，再来谈"毒素"。

微小剂量的毒素，犹如疫苗，帮助人体抵御更大的病毒威胁。因此，日常性地识别、处理种种毒素，就是在训练心灵，使其强大，以应对难以预测的、毁灭性的伤害。

毒素，主要表现为念和情绪。念，是头脑中永不止息的种种念头。情绪，是多出来的未经使用的能量。它们都是应用注意力的干扰。

禅定，主要对治层出不穷的念头。它们来了，看到就是，不耗费注意力去过度追随。如感受水波荡漾，却不需要一个猛子扎进水中。（相关的书籍、课程很多，需要实修体会，说说道理实在无济于事。）

情绪的对治，主要是疏导和利用。情绪不是敌人。我们是有情众生，感受和情绪是天性。因此，一切压制情绪的方式，都要尽力避免。

情绪大致分两种来源，外在刺激和内在渗出，须分别对治。

（《新世界》《内在工程》等书，对此有绝佳的分析和方法。）

外在刺激，比如有人骂我，我会不爽，对治的方法是先"标记"，贴个标签如"他说我×××，这让我很不爽"，一个贴完，还不爽，继续贴，继续看着它。

情绪是自我确认存在感的把戏，你不看它，自我就玩出更大的花样让你看到。你压制它，它还会深入潜意识，以你看不见的方式控制你。你把它当真实存在，然后跟随它，它就会创造出更多剧情，掌控你。

标记，如封印，让它就在原地待着，情绪本就是空，无依无凭，只要自我不奋力给它编剧情，它自会消散。标记情绪的来处，就同时给了它去处。

内在渗出的情绪，譬如没有外因的沮丧、空虚、烦恼、郁闷、自我怀疑等，都是多余的能量，对治的方法是"行动"，给这股能量以出口。

人生来好动，好发展，好创造。违背这个自然，就不算"尽性"，烦恼就生。所以闲人易生愁，当没有成长和发展，就易空虚烦闷。

对治情绪,不是为了变成一个不生情绪的人(也不可能),而是学会破解情绪携带的信息。它们是成长的驱动力。

人生的乐趣,一半得之于活动,一半得之于感受。身体不能闲着,而心灵要沉静。两者看似相悖,却可同时发生。

我自己有个感受,去年一年每天固定的节奏是写作三小时,习字两小时,这已经成了身体记忆,若是哪天没写,晚上躺下时,脑子里必定万马奔腾,静坐时看到念头一波又一波涌来,都是未释放的能量。因此,不瞎忙,不闲着。

我一路所仰赖的,简而言之,就是以戒将注意力圈住,以定将注意力应用于执行最重要的事,以功夫、禅定,处理心灵的毒素。不闲着,去创造,一路领略,一路感受。成长就在这样的过程中暗暗进行。

剩下的,就交给时间。

注:
1. 米哈里·契克森米哈赖:《心流:最优体验心理学》,中信出版社,2017年,第97页。

21
深爱吧,像明知总有一天要离别

有一些时光,隔得久远些,才能看出它的色彩,当下经历时,往往就像白描,线条勾勾连连,虽知它有前因后果,却不能一下子看清,它在一生中的基调。

1

二〇〇一年,我十八岁,大学二年级。

上的是一所经济类院校的中文系,当时金融类专业正火,我们虽然是中文系,一大半课程却是金融、宏观经济学、微观经济学、财政学、会计学、统计学,简直要了命了。

我从初中时就决定了要读新闻传播类专业,将来去做战地女记者(多年后却进了时尚杂志)。

于是,大一结束的暑假,我没有回家,开始学习据说是世界上最难讲的语言——德语,准备申请德国的大学转学新闻传播,德国大学是五年本硕连读,因此,我想着尽早通过德文考试,早一点出去,不会浪费时间。

那年夏天,北京的热浪让人无处可逃。每天上完德语课,一个人骑着自行车穿越闷热嘈杂的街道回学校,热浪中,汗水不时流进眼睛,涩涩地疼,面前时而模糊一片,觉得自己跟想要的未来隔着好远好远的路。

当下是什么,当下是毫无兴趣的金融财政课,是必须通过的、但我绝对不会从事的专业考试,是同学们争先恐后考取各种注册什么师的紧迫气氛,是想要统统逃掉的课,所以,那些当下什么都不是,它只是我换取未来的工具。

被我当成工具的当下,还有一件无法忽视的事,班上一个男生铺天盖地的示好与追求。说铺天盖地,绝不是夸张啊,不只周围所有同学和老师都知道,还到哪儿都能碰到,打个热水十回有九回能"偶遇";参加个舞会能莫名其妙被双双落单;上晚自习一回头,总有一张笑嘻嘻的脸恰好被视线撞上;高中同学的来信(对,那还是个热衷写信寄信的时代),总是很凑巧地由他转交给我……

然而,我是要远走的人,我野心勃勃的计划里没有谈恋爱这件事,对不起。于是我一概装傻充愣,不作回应。自己的未来都渺茫,怎么去承担另一个人的未来。

故事本该如此结束,电影里都是这么演的吧,多年后同学聚会,重遇曾经怦然心动的那个人,或者两人展开新的故事,或者一起感叹一番岁月是把杀猪刀,就此放下,相忘江湖。

然而剧情终究是在当下便反转了,中间许多兜兜转转的狗血桥段现今都模糊了。只记得那时的我,自以为非常成熟深刻有远见,看不上校园里流行的风花雪月。

拖拖拉拉一年多,这位同学依然没有收手的迹象,直到同宿舍的好友终于忍不住质问我:"他对你多好啊,我都感动了,你怎么油盐不进呢?"

我说:"我觉得没什么啊,追着追着自然就淡了,转头还能对别人也这样。"

好友怼了我一句:"可现在他没对别人那样,他只对你这样了,你没办法控制以后,你只能把握现在。"

不知道为什么,这句话我听进去了。

又一天晚上,他电话打进宿舍,说好歹我们谈一谈,我没再拒绝。那通电话,起头他说,我不希望给你太大压力,我也知道你在准备语言考试,是打算出去……

"可是,我没像这样喜欢过一个人,以后也不会了。"(写着真不好意思)

那天的日记里我倒是很清醒:"傻瓜才会相信这种话,二十一岁的人哪有资格说以后会如何!"然而紧接着,那个十八岁的女孩写道:"可是呢,我还是不淡定了,要不就试试吧,我倒要看看,这个'以后'会有多短,或是多长……"

那个没入戏的自己,此时还一副看戏的样子。

庆幸自己有记日记的习惯,那天的细节,从字里行间翻飞着飘至眼前。

我那时内向、寡言、一肚子心事,总是别别扭扭,什么都没想好,眼前的生活没几处称心如意,话也不爱多说几句。

电话里,他最后说:"你试试给自己一个机会,我们至少可以成为好朋友,如果相处了觉得不好,只当是为了都不留遗憾吧……"

道理说到这份上,只剩下"好"或"不好"的回答,我不知道该答什么了。

听筒里适时响起女声提示音:您还可以通话一分钟。(那时我们用的还是电话卡)我们俩都沉默下来,那根电话线里,像有一个平行世界,寂静中时而响起嚓嚓的噪音,噪音停歇时,又有大风呼呼刮起,仿佛还伴着大雪纷飞,脑补出的画面里是雪花纷纷扬扬落下,莫名其妙想起一句诗,觉得与这画面很相配:我寄人间雪满头。

转念便想到上一句,吓了自己一跳,如此大不祥。明明站在一段关系的起点,却情不自禁地设想它最悲伤的结局。

十八岁的心,真是又浪漫又矫情,一分钟的沉默,脑补出一场狗血剧情。

沉默的尽头,我听到自己说:"那好吧。"话音刚落,电话里便响起嘟嘟声。

冷静得像在商量开始一个项目,但我自己清楚,这次真是太不明智了。在规划明确的人生里,决定开始一段关系这种事,像被一个冒冒失失不受欢迎的闯入者闯入了领地。

挂了电话,我还在发蒙,看了眼日期,一个顺溜到奇怪的日期。几年后这一天成了光棍节,后来又成了购物狂欢节。

之前写过,"十八岁的人生,常觉得每一天都要成为对后面影响至重的一天"。对我而言,那一天果然成了这样的一天。

好像一闭眼,我还在听筒这头,一手托着座机,扯着线拉到门外,蹲在微冷的走廊里,背后是熄了灯的宿舍,终于结束了的一天。

深爱吧,像明知总有一天要离别

2

然而睁开眼,竟是十八年不可思议一晃而过,时代、自己、周围的一切全都变了又变,当年约定好一起看星辰大海的好友,走着走着就失散了。

我和他,从那一天起,像两只被施了咒,以一根无形的线牵连,各自稳定旋转的陀螺。他说的"以后",一晃这么久,大概率还会把余下的岁月也囊括进去。

现实中,如我当初所担心的,我因此并没有去成德国,而是念了国内的传媒专业硕士,那个当年想了又想的色彩斑斓的欧洲城市,成了记忆中苍白朦胧的小斑点。当然我也没做成战地女记者,年少梦想绝尘而去,甚至没留下一点可供凭吊的遗憾。

刚过去的跨年夜,在大理相识的好友们在我家聚餐,其间一人提议,每个人都接受一遍其他人挨个对自己吹"彩虹屁"。玩笑着开始,后来的发展猝不及防,人人都认真起来,许多人在夸别人或是被夸时,潸然泪下,不能自已。也是纳闷,这人的泪点有时真长在我们根本想不到的地方。

轮到我夸他时,酒略微上头,还没开口,那句诗又在心里冒出来,这一次完整地涌上心头:"夜来携手梦同游,晨起盈巾泪莫收。……君埋泉下泥销骨,我寄人间雪满头。"

不同于十八岁的自己,这一次不再觉得它不祥,世事一场大梦,又有谁逃得过这样的结局。那么,在相伴时,就深爱吧,像明知总有一天要离别。

22
二十年，茫茫在外有家

1

刚过完结婚十四周年纪念日，加上前面谈恋爱的六年，和一个男人在一起二十年了，被女朋友批评太没出息。

刚刚好，将前半生一分为二，一半是与父母朝夕相处的十七年，一半是上大学离家后与他一起的二十年。

前一半的我，性格标签大约是孤僻、安静、清冷、谨慎，想法密集而至却从没好好实现过任何一个，还好凡事认真。后一半的我，不知怎么的，画风逐渐变成了，明朗、爽快、合群、勇敢，想做什么就去做，凡事认真（似乎只有这一点没变）。

我不能断然说，是他改变了我。这么说估计爹妈会觉得很受伤（敢情以前是在虐待你吗？）。可我真真切切地感受到自我的蜕变，像一层一层的壳，隔几年就破掉一个，隔几年再破掉一个，坚硬的壳越少，内心越柔软，对自然和生命这些大命题，越敏感。

这几年，我常想，我这样一个微小的生命，何以得到这么多恩惠和眷顾。我说不清给我这么多的宇宙大神叫什么，中国人叫老天爷，我暂且叫作命运，总之前十七年，让我恰好生在一个积善之家。

我记得小时候我爸时不时会买回一驴车白菜，或者一车瓜，我妈惊叹这怎么吃得完，我爸说老农民拉一车来城里，天快黑了还卖不完，回不了村，他就全买下了，身上自然没带那么多钱，就领着驴车送到家里，我妈再去东凑西凑地凑够一车货的钱。要么就是忽然带回家一个乞丐，给吃顿饱饭，吃完抹抹嘴走了。

我爸是个老师，属于那种对于他人的痛苦葆有特别丰富的想象力的人，一生总是处在同情心泛滥的状态中。哪个学生苦闷了、抑郁了、得了精神上的病了，家长多会带来我们家，跟我爸妈一把鼻涕一把泪地倾诉一番，大概是我爸时不时跟着眼发红、鼻发酸，让别人觉得被理解、被共情，然后心里会得到些微的抚慰吧。谁家缺吃少穿了，也会上门，我爸怕人家难为情，不等人开口就装东西掏钱。

我想，我在二十出头毫无人生经验，拿出一生中最大的慎重，面对结婚这样的决定时，竟然先天地跟那种算计、小气、冷漠自私、奸诈圆滑的人绝了缘，这并不由于我的眼光有多么好，而是原生家庭给了一个在善意上超出社会平均线的成长环境。

后来，命运又让我恰好遇到那个人，拥有大部分让我欣赏的品质，比如善良、正直、包容、勤奋、友爱、内心平和、热爱学习、专注、贪嗔痴不重，而同时缺乏大部分我无法忍受的特质，比如贪财、饕餮、油滑、市侩、从不自省和节制等。

这个人恰好也中意我，并且义无反顾、一往无前，不曾想过放弃。否则，就凭我那般清冷被动的性子，绝无可能主动争取，多少爱恨，只会深埋心底许多年。

如果人生真有最关键的几步，那么选结婚对象，绝对算其中极重要的一步。然而，除了前世今生的说法，我尚且总结不出经得起推敲的道理。

说来奇怪，我在谈恋爱时从没想过我俩会结婚；结婚后，从没想过能一起过多少年，更不曾奢望"执子之手，与子偕老"的浪漫终老。抱持着一种对爱情、婚姻近乎悲观主义的态度，一不小心走到现在。两个人都自觉在关系里获得了滋养和很多成长。这听上去很有些怪异。

在一起前十年，我俩抱定了丁克的打算。这么说真有点难为情，原因是，我和他隐隐担心，命运给了这么多好东西，会不会后面埋伏着地雷，因此不敢多作奢望。

二〇一三年九月，我一个人去亚丁徒步，山上狂风呼啸，高原缺氧不适，停在一处悬崖边休息，面前就是雪山。久久凝望自然的辽阔，千万年不变的雪山湖泊，极易勾起人一生短暂终有一死的念头。相守的两个人，先去的往往幸运，另一个要承受无尽的孤单。

我感到生命虚无缥缈,轮到一人独行时,该以何为寄?现在的我可以说出不少,兴趣爱好,智慧修为,等等。而那个时候,我只是想着,有个孩子的话,大概可算寄托。那趟旅行结束,我们决定要一个孩子,不论命运安排什么,都感恩,都接着。

2

女儿秋假,带她出行在曼谷转机,看到她脸旁飞着一只大黑蚊子,我第一时间伸手就去拍,边拍边说:"好大的蚊子!"

她着急挡我的手,说:"妈妈别打死它,它咬我我又不会死,你拍它它就死了。"

我一时非常感动,眼前有些模糊,她看着我,说:"你也觉得它可怜是吧,说不定是个蚊子宝宝,它死了妈妈会很伤心。"

在清迈逛街,遇到一家鳄鱼研究院,展示有整张鳄鱼皮,以及各色鳄鱼皮包包,她看了一圈,小脸严肃地跟我说:"妈妈,你可不能用这些包,杀死的可能是鳄鱼妈妈,也可能是鳄鱼宝宝。"

那一刻我又想到命运,一个这么美好的生命经由我来到这个世界,我不知道该感谢谁。

杨绛写:"我们这个家,很朴素;我们三个人,很单纯。我们与世无争,与人无争,只求相聚在一起,相守在一起,各自做力所能及的事。"

这是我和他最欣赏的一种家庭关系,除此之外,无比确定的是,也要让她成长在一个积善之家。我们尽力给出,为使她未来过上知足心安、能给出爱给出善的生活。

我不清楚命运给我的这一切,暗中标好的价码是什么,但时常思考价码,至少能时时保持清醒。

为图心安,我会时常想想,还能付出哪些已占有的。最可以失去的,是已拥有的谋取更多钱财的机会,是享受更多奢侈，是那些人家用惯的习以为常的机巧和捷径。

就老老实实的，多服务他人，成就他人，为他人铺路，为他人提供舟船。少踩着别人过河，别总把别人当路。

看到无意识饕餮的人，拼命享受奢侈的人，时刻想着占尽更多的人，才德不配位的人，很难心生羡慕，而更多觉得可怜。

于是，我深深地喜爱、欣赏、佩服这样的人：激流勇退、见好就收（有智慧），朴实节制（懂修身），"事了拂衣去，深藏功与名"（有品性）的人。

据说人全身细胞更新一次需要七年，二十年过去了，我和他历经三次"洗心革面""重新做人"，竟然彼此还认识，还欣赏，还想继续扶持，彼此成就，对于命运，我无以为报，只以这一场生命为舟楫，兢兢业业行路吧。

23
一杯敬朝阳,一杯敬月光

"人生走到某种程度,其幻梦本质彰显无疑。"在幻梦中如有实质地行路,我喜欢记下许多吉光片羽的时刻,权且当作幻梦中的星光。

高光时刻

1. 书桌

每日在书桌前坐下,静坐一刻钟后,该干什么干什么。

当然，不是每个好的开头都有好的结束，每日进展，有时顺利，有时卡住，顺利时有多自得，卡住后就有多沮丧。王先生说，傍晚看到我的脸色，便知我这一日是个什么状况。

大概最稳定满足的就是每日开始时的片刻。饱满，平静，我心我主的自由。

2. 良夜

王先生带女儿去旅行，我拥有了七天可以一个人待着的假期。第一天，什么正事也没做，音乐放得超大声，奢侈地听了一整天。

杜普蕾的大提琴，听到悲伤欲绝。入夜，听管平湖的古琴，动荡心绪被一点点接住，抚平。

外面下起大雨，砸在玻璃顶上，正听到《良宵引》，就着一盏日式夜灯，恍如看到苍山上松风归壑，有庭中积水空明，竹柏影摇动。看到自己心中澄澈，前路有如豆灯火。看到一路向前，不用再计算每一程的时长。

我不知世人眼中何为至高的享受，于我，这种良夜就是了。

3. 写字

八月开始书法日课，每天两小时，严持三戒：一戒畏难，二戒速成，三戒潦草。等待功夫长到手上的过程，心里安定得很。

此三戒，可推而广之到人生许多层面。尤其中年开始，每个人都养出了牢固的舒适区，突破自己的心理风险逐渐变高。然而不进则退，舒适区意味着成长的懈怠，而要成长，第一须戒畏难。

再者，人生余下时光掐指可算，经不起挥霍，须慎重使用，所以拒绝速成速朽的事情，相信真正的价值，非时间不可得。

三戒潦草，对生活、对爱的人、对自己、对爱好、对手中事，浮皮潦草皆是对生命的辜负。时光一过，便无法回头。

4. 讲课

在社区开了一门课《中国绘画源流史》,连讲了四个月,从雨季未结束到圣诞节过完。

每周日晚,准备周一上午用的PPT讲义,书房门一关,边喝小酒边选画,常有纷纷细雨助兴。清晰地感觉到,自然能量与眼前画的能量,一起流进心里。

有时澎湃,经常感慨,个中妙处总想写出来,急急打开空白文档,却又觉一种年年雪里欲说还休的莫可名状。只好作罢,修为尚浅,手不应心。但我等待那一天,百般妙处能从笔下流出,说给更多人听。

来听课的人们,常对我说,感谢你打开了一扇窗,从来不知道中国画这么有味道。而其实,每个备课的夜晚,我真切地感到,我才是那个该感叹"不知感谢什么,诚觉世事尽可感谢"的人啊。

5. 日落

总是一个人去游泳,久了摸出游泳馆的人流规律,某个时段,能一个人承包整个泳池。不停歇地来回游上一小时,世界逐渐寂静无声,不时有不错的点子落进脑中。这个时段,夕阳会飘进水面,温柔地颤动着,再一会儿,落地窗外天色转暗,水中夜灯亮起,是日与夜切换的时刻。

总想起给女儿讲了无数遍的烂熟段落,小王子有一天看了四十三次日落,他淡淡地说:"你知道的,人一悲伤起来就喜欢看日落。"花婆婆在大海边看日落月升,多少次后,想起幼时答应爷爷要去做"第三件事",于是有了漫山遍野的鲁冰花。

无比热爱这样安静的温柔的时刻。

6. 画与歌

有一些画,长久地令我着迷。像掌握着某种开关,看一

一杯敬朝阳,一杯敬月光

会儿，理性便开始松动，像静坐中几个呼吸之后，全身开始轻盈。

有一晚，凌晨四点多醒来，再睡不着，披衣下楼，细细看这些画。播放器里低低循环着一首歌：

> 啊，只有独处
> 日升月落，许多感触
> 啊，那种滋味
> 澎湃飞舞，怎么倾吐
> …………
> 没有哭泣的那一种滋味
> 那种使人刻骨铭心的乡愁
> 如果深深经历那种感受
> 才会知道为何占满心头
> ——《另一种乡愁》，晨曦作词，谷村新司作曲

流行歌词，与古老绘画，在这个深夜，平静地交融，给

我一种全新的美妙感受。还有什么可说呢？

若手中有酒，那就，一杯敬朝阳，一杯敬月光。

7. 味道

王先生尼泊尔徒步归来，周六早上，卷着冷气钻进卧室，晒得黑乎乎一张脸，像尼泊尔人。女儿开启话痨模式，将十几天里爸爸未参与的事挨个说个遍：

"有一天晚上，我们洗漱完正要回卧室睡觉，然后就发现，妈妈竟然不小心把卧室门反锁了！我们俩被锁在卧室外了。我当时都惊呆了，我的妈呀，爸爸不在我们快要完蛋了！"

父女俩在被窝里一通打闹腻歪，起床收拾，我做早餐。小米做粥，放切碎的山药，加两块黑糖，慢慢熬。一块羊奶酪，切薄片，下锅煎至两面微黄，蘸白糖吃……

从来都懒于厨灶之劳，也是朋友中少有的看袁枚《随园食单》、汪曾祺的散文而不致流口水的人，自觉在口腹之欲上很淡漠，也不理解怎么会有"美食之旅"。花在吃这件事上的时间稍多,便觉浪费生命。

在日记里细细记下那日吃食,还是第一次。"早饭后,泡一碗红小豆,等到下午,小火熬出一小锅红豆沙甜汤喝,加一小撮桂花,味清甜而不厚腻,是这父女俩都喜欢的。"

再看那天的日记,鼻端萦绕桂花的香味,才明白,人们细碎地写吃食,是着迷于固化某种无可捉摸的情绪,如果直接描写那种情绪,则苍苍白白,几个词就完结了。像是幸福、愉悦、满足之类,总不如气味更有张力,即便相隔日久,也能即时从记忆里钻出来,裹挟着秋日暖阳,一股脑儿笼在身上。

那一日,窗外玉兰花刚开,十一月底,大理正值深秋,厨房里光线美得不行不行的。王先生拿出给女儿的礼物,一张鱼尾峰的小油画,背后写了字,一句句念给她听。

那个早晨,我想我们三个都会永远记着。

8. 被爱

王先生频繁出差,我又回到一个人艰难平衡带娃时间和自我时间的日子,白天在咖啡馆跟朋友感慨了一句:"心心念念地盼着她上大学呢,掐指一算还有十三年!"(佯装哀号)完全没注意旁边正画画的女儿。

晚上,睡前聊天,她忽然问我:"妈妈,你是不是特别怀念没生我的日子。"

我:(瞬间冷汗,开始找补)"呃,确实,以前更自由,妈妈想去哪儿就去哪儿。但是呢,生了你之后,爸爸妈妈觉得越来越幸福了,虽然自由少了点,但幸福多了很多。"(满满的求生欲。)

女儿:(沉默了好一会儿后)"妈妈,可是我想让你又自由又幸福啊。"

(为娘泪目了……)

又一日,下了舞蹈课回来,女儿问:"妈妈,那个谁说我丑。你觉得呢?"

我:"妈妈觉得,你是全天下第一美!"

女儿:"是吧!我也觉得你是全天下第一美的妈妈!"

…………

一杯敬朝阳,一杯敬月光

（省略日常互吹一万字）

这一年，在书桌前坐久了，注意力全在故纸堆里，身材管理什么的尽成浮云，年底一上秤，结结实实吓了自己一跳。

给出差的王先生发微信，惊叹："我胖了六斤，天哪，肉眼可见地胖起来。"

人回我："瞎说，秤坏了吧。"

我无语……

唉,这一家三口,在罔顾事实敝帚自珍盲目自恋的道路上,一骑绝尘。

渐　变

1. 懒觉

醒来，窗外一片黑，看手机，才五点。又是这样，不论多晚睡，早上五点左右，按时睁眼。

躺着看窗外那片黑，想要等来睡意，却是眼睁睁看清了五点六点七点的黑，有什么深浅区别。听到旁边开始翻来覆去，却也不见起。

"醒了？"

"嗯，太早了。"

没好意思说，我都盯着窗帘躺两小时了。回笼觉无望，算了，起吧。

下楼放音乐，喝粥，煮一大杯咖啡，一个摊开纸习字，一个开电脑写东西，楼上有正酣睡的小猪妹。

以前爱睡懒觉，若不上闹钟，自然醒的时间简直不可告人。休息日，一觉醒来，天都黑了，时有发生。如今万事由己，想睡多久睡多久，却是再也睡不着了。

后悔年轻时真不该为爱睡懒觉内疚，后悔那时总在心里谴责自己，大好光阴就总睡去。那时怎会知道，无论喜欢与否，睡懒觉的能力终将失去。

2. 态度

学了花道后,出门习惯留意植物。由此老是想起朱光潜《我们对于一棵古松的三种态度》,说的是人们看世界的角度,决定了各自要走的路。

比如,园里一棵古松。

假如你是一位木材商,我是一位植物学家,另外一位朋友是画家,三人同时来看这棵古松。

你脱离不了你木材商的心习,你所知觉到的是一棵做某事用值几多钱的木料。

我也脱离不了植物学家的心习,我所知觉到的是一棵叶为针状、果为球状、四季常青的显花植物。

那位画家朋友,什么都不管,只管审美,他所知觉到的是一棵苍翠劲拔的古树。

木材商的态度,实用,做人第一件大事就是维持生活。既要生活,就要讲究如何利用环境。木材商看古松的态度便是如此。

科学的态度，纯粹是客观的、理性的，把自己的成见和情感丢开，做理性的思考。植物学家看古松的态度便是如此。

美感的态度，需把古松摆在心面前当作一幅画去玩味。不计较实用，不推求关系、条理、因果，不做抽象的思考。如画家看古松的态度。

人生大概就是不断调整这三者比例的过程。

实用的态度使我们活得好；科学的态度助我们活得真；唯有美感的态度，助我们飞出现实的迷楼，活得通透，无限接近一种轻盈的神性。

然后，再看世界，发现遍布生机，有无穷无尽的趣味，且这趣味无须你以金钱交换，只需用心领略。

3. 甜腻

大理三月的几场雨，都在午后随狂风而来，零星雨点东奔西突地砸上一会儿，转为淅淅沥沥，到傍晚时，冷寂直往心里钻。

来大理后阳光摄入太足,总盼着下雨。一个人在家,索性什么都不做,就坐在书桌前听雨,看外面迷迷蒙蒙一片。

人会本能地寻找平衡,静静坐一会儿,脑子里飘过许多温暖的画面。一时间莫名地思念一些朋友。

这当口,刚刚才想过的一位发来微信:

何为思念?
日月,星辰,旷野雨落。
可否具体?
山川,江流,烟袅湖泊。
可否再具体?
万物是你,无可躲。

鸡皮疙瘩掉了一地,不知她打哪儿抄来的。

此友向来刀子嘴,从前绝无可能发这种肉麻话。她说刚无意中看到,脑海里飘过我的名字,就抄来发我。(是偶然还是念力,我很不解。)

这么甜腻，吃不消，回她："你怕不是杜丽娘附体！"

据说庚子年一向不好过，这才将将三月，就听到朋友们接二连三的算不得好的消息。有几位春节时出国旅行，国内国外的疫情紧挨着，辗转回不来。她说，没有比今年更觉得无常，想到什么，就不要等了。

听得我觉得更冷了。

有赖多年努力，化解掉二元对立的思维，遇事常思转化，好与坏也就不再如字面上的含义。但对他人遭遇的共情能力，却意外地增强了。悲哀着别人的悲哀，难过着别人的难过，虽更敏锐，却因不够稳定而平白自苦。也在当中看到了新的功课，如中医老师说，有多大能量，就会派给你多难的任务。只要将成长作为人生主题，怕是就不会有躺平懒着的一天。

有位师父曾教导，要对他人多说爱语。我生性清冷，一点温暖限量放送给了女儿和王先生，对朋友总也开不了口说甜腻的话。

不止朋友，六七岁时，姥姥拿两只鸡腿给我和表姐，要求一人说一句好听的去换，表姐甜甜一句"奶奶寿比南山"，开开心心换了鸡腿等着我,我却扭头就走,不吃了。也不知在别扭什么。

听着雨,想起往事,卸了一股劲儿,拿起手机抄来那些句子回她:

> 何为欢喜?
> 晓风,明月,长歌相邀。
> 可否具体?
> 知交,美酒,夜话琵琶。
> 可否再具体?
> 常闻君言笑。

就一起矫情一下吧,怕并不常有能甜腻的关系。没开灯的书房,手机屏幕亮起,她回:"放心吧,我都好。"

4. 阅读口味

舒国治的散文集，翻了十年的书，近来又拿出来，看了几篇，怎么索然无味，不甘心，细细读过大半本，还觉寡淡。很是失落了会儿，知道终于要跟一个陪伴许久的好友告别了。

阅读口味这种东西，其变化总是背着我悄然进行。跟一个又一个告别，再跟新朋友相见。

黑格尔的三卷本《美学》，去年读时，每十来页就得起来缓缓，心力断续难继。最近再读，竟有春风化雨之感，字里行间悦目怡然。

这阵子早上拿《昭明文选》朗读，今早是曹丕《与吴质书》。每到"顷撰其遗文，都为一集，观其姓名，已为鬼录""年行已长大，所怀万端，时有所虑，至通夜不瞑，志意何时复类昔日？""少壮真当努力，年一过往，何可攀援"之处，默坐哽咽良久。

顾随总结以前文人两大特征：早熟—先衰，敏感—多悲。几年前在读书笔记里草草记下，未解其意，如今回看，始以为然。

牵心动情的书，于无所觉中完全换了一批，想不透这是如何发生的。

5. 一块糖

每夜入睡前，迫不及待希望一闭眼再一睁眼，就到白天。其实每天也没什么了不起的开心事，许多时候还很沮丧，但还是期待。

要读要写的东西太多，沮丧都来自一段时间做着这块时，就无法顾及那块。这类情绪渣滓时时泛起，数次观想，才察觉到是多年来应对现实时，历练出多线程任务同时进行的能力，而留下的习性。

可见事物、个性至少都有两面。昨天所倚赖的，今天就受其捆绑。自我的破与立，没个止尽。

期待的，是纯粹享受着一种状态、一个过程，不太贪求明确的结果。这种状态以前并不常有，即便有过，也没见持久。

大概独自行夜路，已属不易，上天慈悲之处，是配给我行路时的欢喜。像兜里揣着一块糖，一想起就觉甜丝丝的。

我深知所有岁月静好，都难以永远。当它舍你而去时，不会问一句你是否愿意。所以我慢慢品尝着这块糖，从前眼里尽是星辰大海，如今天地都盛在一只茶杯中，却仍想待得尽可能久一些。

  人生的欢愉不过少少如此，
  且瞬间即被泪水淹没，
  又轻易便在我们对永恒的本能渴望中，
  干涸成灰……
  我们就不会自责在茶杯里谱写诗篇。[1]

来　日

我喜欢沉淀、沉着、沉静、沉稳这些词，这一年多，大概可以贴上一个"沉淀"的标签。不知学问长进如何,只觉对着别人时,多了许多笑容;独自待着时,多了许多想要落泪的冲动。揽镜自照,觉得眼中凌厉尽去,也不再第一感觉是伶俐的神色,至于未来会长出什么神色,值得期待一下。

更加敏锐,更加稳定,应该是向好的过程。

我不厌其烦地记录生活中吉光片羽的时刻,和那些悄然发生的变化,源于这样的认知:

> 我们对自己的观感、从生活中得到的快乐,归根结底直接取决于心灵如何过滤与阐释日常体验。我们快乐与否,端视内心是否和谐,而与我们控制宇宙的能力毫无关系。
>
> 无论如何,每个人能经历的事情就这么多,准许哪些体验进入意识就显得格外重要。这决定了生活的内涵与品质。[2]

我想借由这些被朝阳或月光照耀的时刻,将有限的注意力,集中成一道光束,投射到使我更有创造力、更有爱的部分。

然后,我继续向前走。

注:
1. 冈仓天心:《茶书》,新星出版社,2017年,第4页。
2. 米哈里·契克森米哈赖:《心流:最优体验心理学》,中信出版社,2017年,第99页。

图书在版编目（CIP）数据

如花在野 / 宽宽著 . -- 北京：北京联合出版公司，2021.12
ISBN 978-7-5596-5040-5

Ⅰ . ①如… Ⅱ . ①宽… Ⅲ . ①散文集－中国－当代 Ⅳ . ① I267

中国版本图书馆 CIP 数据核字 (2021) 第 016759 号

如花在野

作　者：宽宽
出品人：赵红仕
策　划：乐府文化
责任编辑：牛炜征
特约编辑：董素云
装帧设计：尚燕平
封面题字：蒙中

北京联合出版公司出版
（北京市西城区德外大街 83 号楼 9 层　100088）
北京联合天畅文化传播公司发行
北京美图印务有限公司印制　新华书店经销
字数 160 千　787mm×1092mm　1/32　8.25 印张
2021 年 12 月第 1 版　2021 年 12 月第 1 次印刷
ISBN 978-7-5596-5040-5
定价：42.00 元

版权所有，侵权必究
未经许可，不得以任何方式复制或抄袭本书部分或全部内容
本书若有质量问题，请与本公司图书销售中心联系调换。
电话：（010）64258472-800